C'EST ICI QUE TOUT COMMENCE

Il faut lire les cases dans l'ordre des chiffres indiqués et, à l'intérieur de chaque case, suivre l'ordre alphabétique. Bonne lecture.

Titre original :
FUTARI ETCHI, VOL. 6

First published in Japan in 1999
by Hakusensha, Inc., Tokyo
French language translation rights in France
arranged with Hakusensha, Inc., Tokyo
through Tohan Corporation, Tokyo

French translation rights : Pika Édition

Traduction : Nathalie Martinez
Adaptation : Jean-Michel Bourquardez
Lettrage : Gérard Nicolas

ISBN : 2-84599-385-4
Dépôt légal : décembre 2004
Imprimé en Belgique par Walleyn graphics
Diffusion : Hachette Livre

FUTARI H
STEP UP LOVE STORY
KATSU AKI
6

STEP UP
Love Story
KATSU AKI

Sommaire

Chap. 51	Les nouveaux voisins ❤	5
Chap. 52	Les bons conseils du professeur Rika	23
Chap. 53	Le manuel des 48 positions	41
Chap. 54	Yura se lance	57
Chap. 55	Jun pose des questions ❤	79
Chap. 56	Première fois ❤	95
Chap. 57	La Saint-Valentin ❤	112
Chap. 58	C'est bizarre, l'amour !	127
Chap. 59	Première dispute ☆	147
Chap. 60	Parle-moi ! ❤	163

STEP UP
Love Story
KATSU AKI
CHAPITRE 51
LES NOUVEAUX VOISINS ♡

UN COUPLE VIENT D'EMMÉNAGER DANS L'IMMEUBLE DE YURA ET MAKOTO.
DÉMÉNAGEMENT
SENCER

DING DONG
QUI EST-CE ?
TCHAC
BON-JOUR !
BONJOUR ! NOUS SOMMES M. ET MME YABUKI, NOUS VENONS D'EMMÉNAGER DANS L'APPARTEMENT VOISIN...
WHAAA ! ♡ COMME ELLE EST BELLE ! ♡♡

TAKESHI YABUKI, 36 ANS.
NOUS TRAVAILLONS TOUS LES DEUX ET... LE TEMPS PASSE SI VITE !
MIKA YABUKI, 28 ANS.
VOILÀ 5 ANS QUE NOUS SOMMES MARIÉS, MAIS... NOUS N'AVONS PAS ENCORE D'ENFANTS...
LA VÉRITÉ, C'EST QUE POUR CE COUPLE, FAIRE L'AMOUR N'EST PAS UNE PRIORITÉ...
CELA FAIT TOUT DE MÊME UN AN QU'ILS N'ONT PAS EU DE RAPPORT SEXUEL.
CETTE FEMME EST VRAIMENT TRÈS BELLE ! ♡
OUI !
QUELLE DIFFÉRENCE AVEC L'AUTRE VOISINE, QUI EST D'UNE VULGARITÉ ET D'UNE INCORRECTION INCROYABLES !
HEIN ?!
ALLONS... KYOKO EST TRÈS GENTILLE !

OH!
iL EN A DE LA CHANCE, SON MARi... ♡
ELLE EST VACHEMENT BiEN ROULÉE... SA PEAU EST D'UNE BLANCHEUR, ET...
QUEL CANON...
QU'EST-CE QUE TU AS ?
RiEN...
HEIN ?! MAIS PAS DU TOUT !
OH OH... TOI, TU ES JALOUSE !
C'EST VRAi QUE... JE NE SUiS PAS AUSSi BiEN QU'ELLE, MAiS...
GRMLB...
MAIS NON... TOI AUSSI, TU ES BELLE ET SEXY !
TU AS UNE POITRINE SUPERBE... ♡
AH AH !

SWIIP
JE L'IMAGINE BIEN...
HUM
T'EN ES SÛRE... ?
SWIIP
NE REGARDE PAS ! ♡
MÊME S'ILS AIMENT LEUR COMPAGNE, LES HOMMES NE PEUVENT PAS S'EMPÊCHER DE FANTASMER SUR D'AUTRES FEMMES...
?
EUH... YURA, MA CHÉRIE !
OOOH... ÇA M'EXCITE !
J'EN PEUX PLUS !

COMME TU ES BELLE ! ♡♡
EH !
PTOING
?
PEUT-ÊTRE QUE... ELLE AUSSI, ELLE...
AAH, MAKOTO, VIENS... ♡♡
IL FANTASME À MORT, LÀ !
AAH OUAIS
JE TE VEUX ! ♡♡
ÇA Y EST JE BANDE ! ♡♡
TAT

PENDANT CE TEMPS, CHEZ LES YABUKI...
JE SUIS CREVÉ, LE DÉMÉNAGEMENT M'A ÉPUISÉ !
......
NOS VOISINS, LES ONODA... CELA NE DOIT PAS FAIRE LONGTEMPS QU'ILS SONT MARIÉS...
OUI, PEUT-ÊTRE ! BON... JE VAIS ME COUCHER !
EUH...
OUI ?! QUOI ?
NON... RIEN...
JE SUIS SÛRE QU'EUX SONT EN TRAIN DE FAIRE L'AMOUR...
J'AVAIS ENVIE DE LUI DEMANDER SI... CE SOIR... ON POUVAIT...
NE SERAIT-CE PAS JUSTEMENT PARCE QU'ILS N'ARRIVENT PLUS À COMMUNIQUER QU'ILS NE FONT PLUS L'AMOUR... ?
HMM
VOUS NE FAITES PLUS L'AMOUR ?! QUI EN EST LE RESPONSABLE ?
(ENQUÊTE AUPRÈS DE 100 FEMMES)
LA FEMME 12 %
COUPLE NON MARIÉ 1 %
COUPLE MARIÉ 11 %
COUPLE NON-MARIÉ 11 %
COUPLE MARIÉ 28 %
L'HOMME LE CONJOINT : 39 %

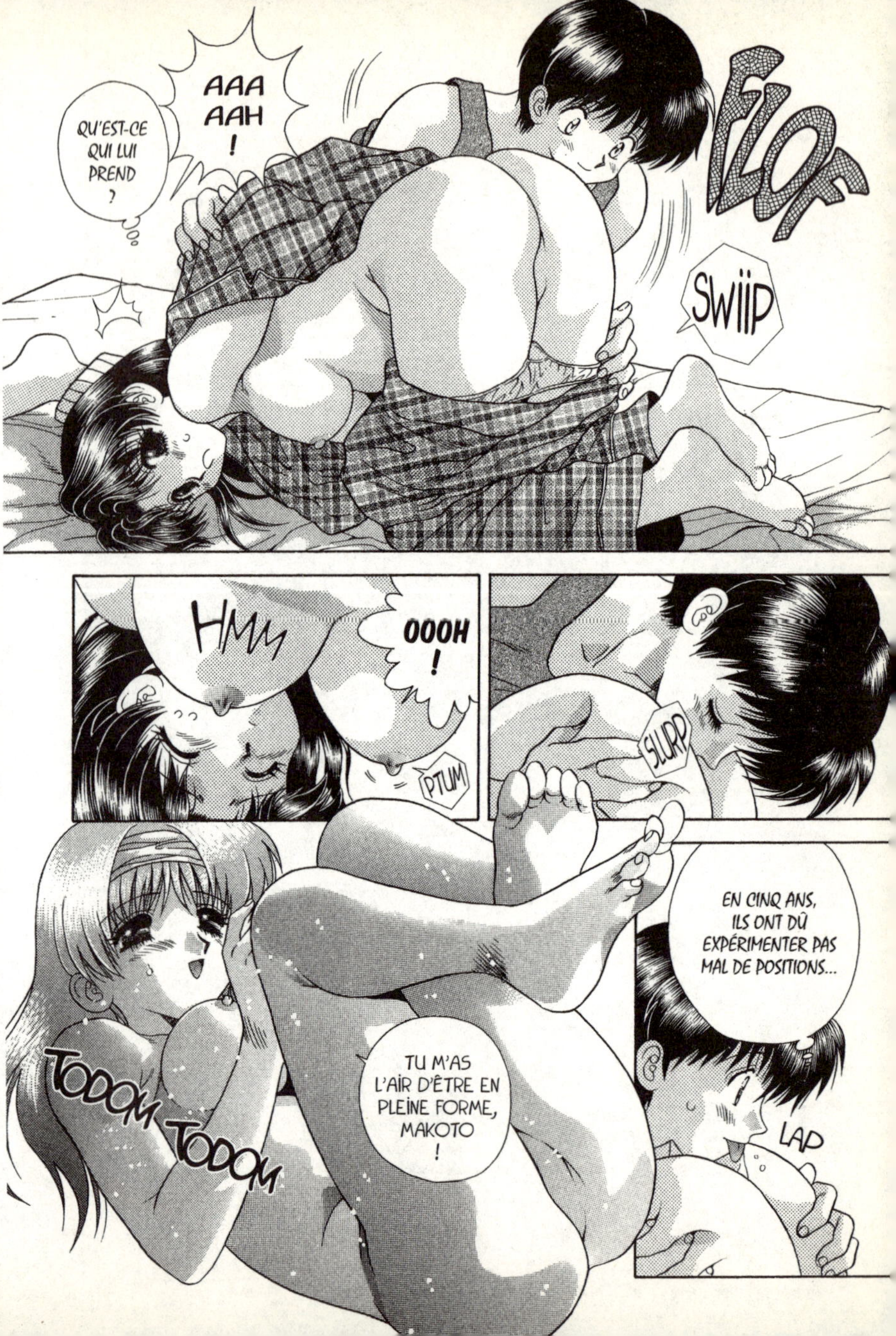
FLOF
SWIIP
AAA AAH !
QU'EST-CE QUI LUI PREND ?
SLURP
OOOH !
HMM
PTUM
EN CINQ ANS, ILS ONT DÛ EXPÉRIMENTER PAS MAL DE POSITIONS...
LAP
TU M'AS L'AIR D'ÊTRE EN PLEINE FORME, MAKOTO !
TODOM TODOM

SLURP
SLURP
AAH !
HMM ...
SLURP
HUMPF !
FLOF
SLURP
HMM !
FLOTCH FLOTCH
SLURP SLURP
QUEL OBSÉDÉ !
MA... MAKOTO, TU ES LOURD !
ET JE SUIS SÛR QU'ELLE DOIT TOUT AVALER... FORCÉMENT... AU BOUT DE CINQ ANS DE MARIAGE...
FLOF
EH !
TODOM TODOM
FLORF FLORF
SLURP SLURP

AU MÊME MOMENT, CHEZ LES YABUKI...
......
DORMIR DANS DES LITS SÉPARÉS NE RISQUE PAS DE STIMULER BEAUCOUP LE DÉSIR SEXUEL !
HUM...
OUI ?
AAH !
MAIS... QU'EST-CE QUE TU FAIS PLANTÉE LÀ ? TU M'AS FICHU LA FROUSSE !
EN FAIT... JE...
BO... BONNE NUIT !

ELLE EST CARRÉMENT À CÔTÉ DE LA PLAQUE,
CAR SELON LES STATISTIQUES...
48 % DES COUPLES AMÉRICAINS DE PLUS DE **60 ANS**
FERAIENT L'AMOUR PLUS D'UNE FOIS PAR MOIS,
ET 4 % D'ENTRE EUX TROUVENT QUE CE N'EST PAS SUFFISANT.
IMPRESSIONNANT, NON ?!

(SOURCE : SANKEI SPORT, SEP '98)

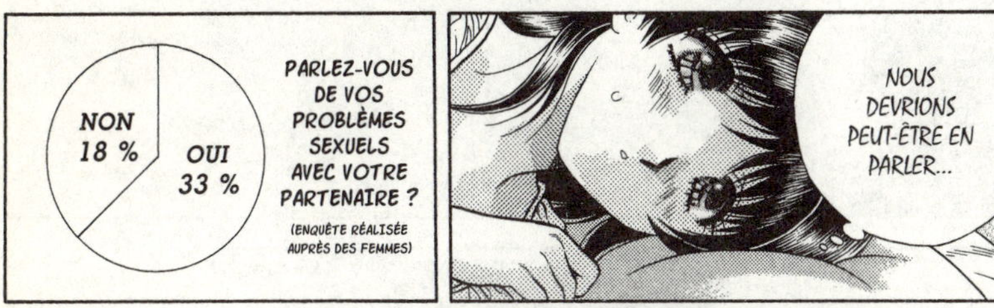

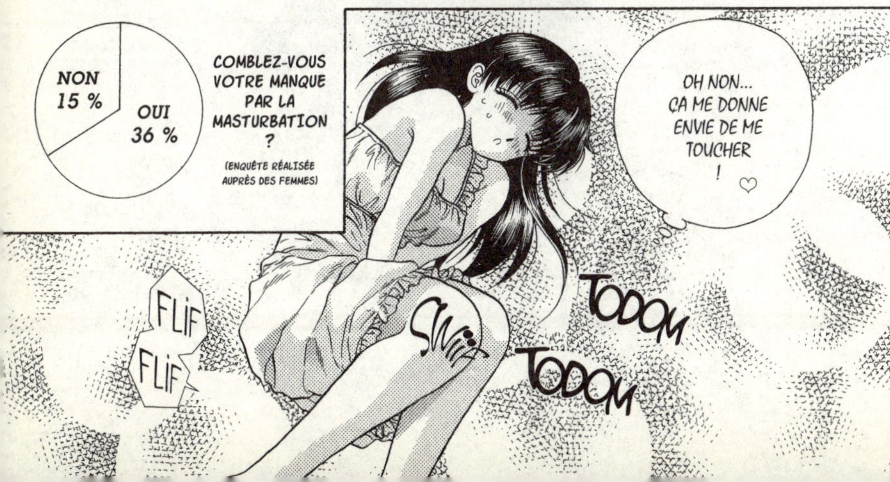

FLIF
FLOP
PLOTCH
HAAN !
MADAME YABUKI DOIT ÊTRE UNE VRAIE PRO DU SEXE, ÇA SE VOIT TOUT DE SUITE... !
ON DIRAIT QUE MAKOTO A LA TÊTE AILLEURS !
JE VAIS TE MONTRER CE QUE C'EST QU'UNE VRAIE PRO DU SEXE ! ♡
HAN !
C'EST CE QU'ON APPELLE... PRENDRE SES RÊVES POUR LA RÉALITÉ !
PLITCH

ALORS... TU CAPITULES ?
HAN ! HAN !
FLORF
AAH... OUIIII !
PTUM
FLORF
AAAH !
TWIF TWIF
TROP BON...
WHAA !
À MON TOUR !
SPOUF
FLOP
AAH... ARRÊTE !
HAN HAN
SPOF
COMME ÇA, ÇA TE PLAÎT, HEIN ?!
SPOF
POUF
JE M'EN DOUTAIS ! IL PENSE À AUTRE CHOSE !
HIN HIN
FLOP FLOP

PENDANT CE TEMPS, CHEZ LES YABUKI...
HUMPF ...
CHÉRIE ...
!
ENFIN... IL SE DÉCIDE !
EUH... OUI ♡ !
TODOM
VLOUF
J'AIMERAIS QUE... TU ME RÉVEILLES À 6 H 30 !
......
BONNE NUIT !
EUH... OUI...
OH NON... ENCORE UNE NUIT SANS FAIRE L'AMOUR...
LES CHOSES NE SONT PAS PRÈS DE S'ARRANGER !
SNIF
HUMPF

DE SON CÔTÉ, NOTRE MAKOTO EST TOUJOURS EN PLEIN FANTASME...
FLORF
MA... MAKOTO ! ♡
AAAH... ARRÊTE !
FLORF
HAN HAN
TCHOF
SPLOF
SPLOF
JE... J'EN PEUX PLUS !!
AAH... VAS-Y ! DONNE-MOI TOUT ! ♡
OUII... JE VIENS !
AAAHR
QUOI ? C'EST PAS VRAI ?!
NON... ATTENDS !
OUI !
TCHOF
OOOH !
HAN
HUUMPF
AAAH ... OUIII !
HAN HAN
PLOTCH

SPOF SPOF
ALORS, MIKA... T'AS PRIS TON PIED ?! ♡
!?
JE... JE N'AI MÊME PAS EU LE TEMPS DE JOUIR...
NON
UNGH ...
FLOTCH FLOTCH
HAN HAN
VAS-Y, DÉFOULE-TOI, YURA !
EN PLUS... TU AS FAIT ÇA COMME UN SAUVAGE !
SPOF
EUH...
HEIN... TU PENSAIS À LA VOISINE EN ME FAISANT L'AMOUR ?!
NON... ENFIN... JE...
SALAUD ! C'EST POUR ÇA QUE TU AVAIS L'AIR BIZARRE !
RHAA
TU N'ES VRAIMENT QU'UN SALE ÉGOÏSTE !

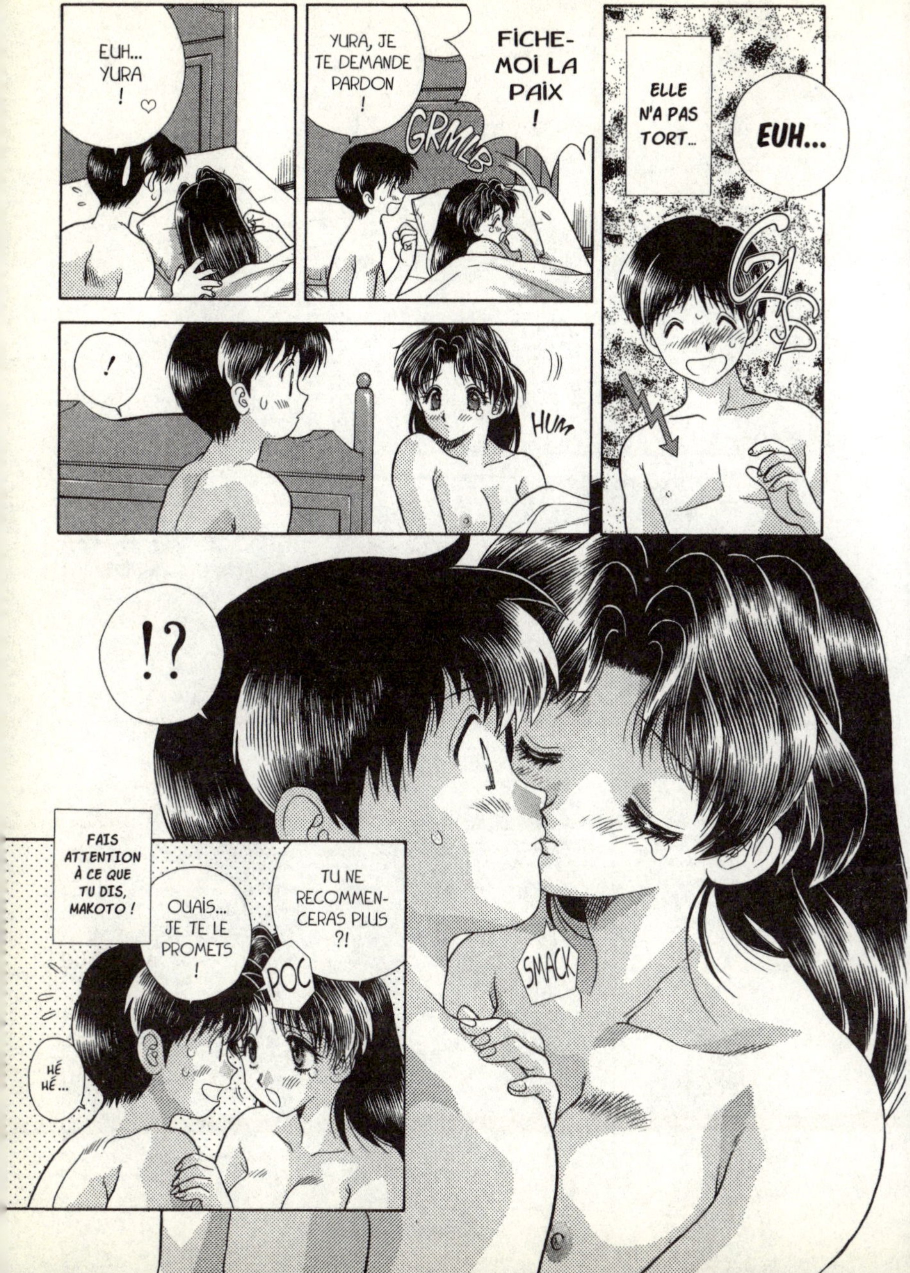
EUH... YURA ! ♡
YURA, JE TE DEMANDE PARDON !
GRMLB
FICHE-MOI LA PAIX !
ELLE N'A PAS TORT...
EUH...
GASP
!
HUM
!?
SMACK
TU NE RECOMMENCERAS PLUS ?!
FAIS ATTENTION À CE QUE TU DIS, MAKOTO !
OUAIS... JE TE LE PROMETS !
POC
HÉ HÉ...

BONJOUR !
OH ! MADAME YABUKI...
À CE SOIR !
CE N'ÉTAIT QU'UN FANTAME, MAIS... JE ME SENS GÊNÉ !
ILS ONT DÛ FAIRE L'AMOUR HIER SOIR...
COMME JE LES ENVIE...
MAKOTO, IL FAUDRA ESSAYER D'ÊTRE UN PEU MOINS ÉGOÏSTE À L'AVENIR !
COMPRIS ?!
HA HA...
IL EST NORMAL QU'UN COUPLE RENCONTRE, À UN MOMENT OU UN AUTRE, DES PROBLÈMES DANS SA VIE SEXUELLE.
?
JE DEVRAIS PEUT-ÊTRE LUI DEMANDER DES CONSEILS...
HUM

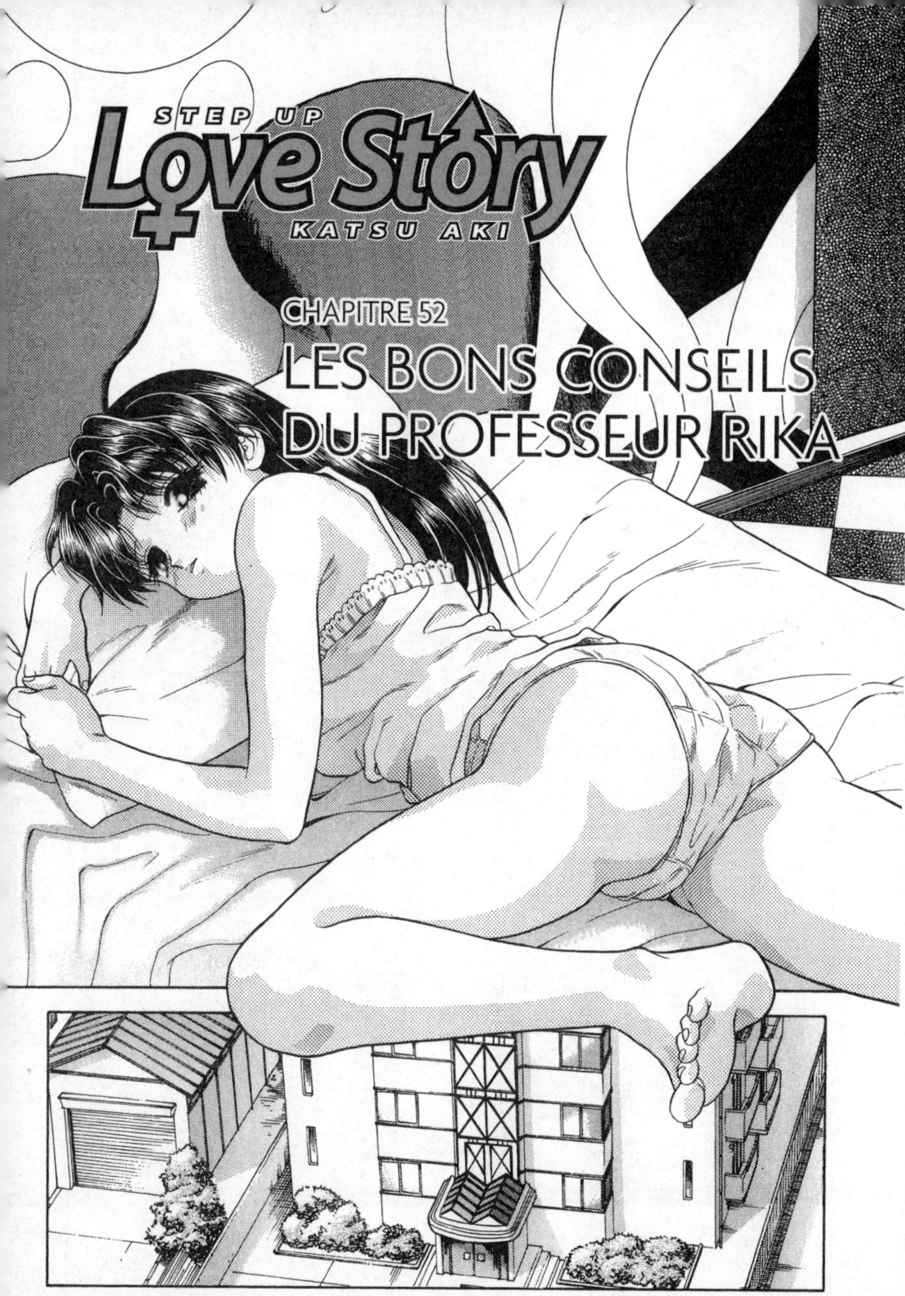
STEP UP
Love Story
KATSU AKI
CHAPITRE 52
LES BONS CONSEILS DU PROFESSEUR RIKA

PSSSCHiiii
VOICI MIKA YABUKI (28 ANS)... ELLE VIENT D'EMMÉNAGER AVEC SON MARI DANS LE MÊME IMMEUBLE QUE MAKOTO.
CELA FAIT PRÈS D'UN AN QU'ELLE ET SON MARI NE FONT PLUS L'AMOUR ! ET LES CHOSES NE VONT PAS EN S'ARRANGEANT...
SES SEINS SONT EN FORME DE POIRE, AVEC DES MAMELONS POINTANT VERS LE HAUT.
TODOM
TODOM
MENSU-RATIONS : 84-58-86.
TOISON PUBIENNE EN FORME DE LOSANGE.
JE DEVRAIS PEUT-ÊTRE DEMANDER CONSEIL À MME ONODA.
HUM

C'EST TRÈS JOLI, CHEZ VOUS ! ♡
MIKA S'EST DÉCIDÉE À RENDRE VISITE À YURA.
MERCI ! ♡
VOUS SEMBLEZ ÊTRE ENCORE TRÈS AMOUREUX...
À EN JUGER PAR LES COUSSINS JUMEAUX...
NOUS, VOUS SAVEZ...
ENFIN ...
? ?
JE NE POURRAI JAMAIS LUI PARLER DE MA VIE SEXUELLE...
SALUT, YURA ! ♡♡
TCHAC
OH, BONJOUR KYOKO ! ☆
....
TOUJOURS AUSSI SANS-GÊNE, CETTE KYOKO.

ALORS COMME ÇA, VOUS ÊTES MARIÉS DEPUIS CINQ ANS ?!
OUI...
DEPUIS LE TEMPS, VOUS DEVEZ ÊTRE DES PROS DU SEXE !
VOUS NE VOULEZ PAS D'ENFANTS ?
ELLE ENTRE DANS LE VIF DU SUJET !
UN CAS D'ABSTINENCE SEXUELLE AGGRAVÉE
......
TU SAIS, KYOKO EST GYNÉCO-LOGUE...
C'EST EXACTEMENT CE QU'IL ME FALLAIT !
NOUS... NOUS N'AVONS PLUS DE RAPPORT DEPUIS UN AN...
QUOI ?!
SÉRIEUX ?
UN CAS D'ABSTINENCE AGGRAVÉE, ÇA ALORS... JE NE PENSAIS PAS QUE ÇA POUVAIT EXISTER...
POURQUOI... TON MARI A SUBITEMENT FAIT VŒU DE CHASTETÉ ?!
EN FAIT, JE NE L'INTÉRESSE PAS...

QUELQUES RAISONS QUI POUSSENT UN HOMME À L'ABSTINENCE :

1- IL N'EST PAS PORTÉ SUR LA CHOSE ET N'ÉPROUVE AUCUNE ENVIE.
2- IL PRÉFÈRE SE MASTURBER PLUTÔT QUE D'AVOIR UN RAPPORT SEXUEL.
3- LASSÉ DE SA FEMME, IL N'ÉPROUVE PLUS DE DÉSIR POUR ELLE.
4- IL A UNE MAÎTRESSE ET NE PEUT PAS TOUT GÉRER À LA FOIS... ETC.

DOCTEUR, CROYEZ-VOUS QUE NOUS POURRONS À NOUVEAU FAIRE L'AMOUR COMME DES JEUNES MARIÉS ?
GRR... NE M'APPELLE PAS... DOCTEUR !
PFFF... JE NE VAIS PAS POUVOIR LEUR CACHER LONGTEMPS QUE, MALGRÉ MON ÂGE, JE SUIS ENCORE VIERGE !
TODOM TODOM
!
DING DONG
COMMENT VA MA GRANDE SŒUR ?! ♡
RIKA, UNE JEUNE FILLE QUI N'A PAS FROID AUX YEUX.
J'AI BEAUCOUP FAIT L'AMOUR CES DERNIERS TEMPS, ET JE RESSENS COMME DES PICOTEMENTS QUAND JE PRENDS MON BAIN...
LÀ, EN BAS...
!!
BEN QUOI ? J'AI UN TRUC DE COLLÉ SUR LA FIGURE ?!
HI HI !
C'EST CE QU'ELLE VIENT DE DIRE QUI JETTE UN FROID, OU QUOI... ?!
ELLE TOMBE À PIC ! HI HI !

VOUS EST-IL DÉJÀ ARRIVÉ D'ÊTRE LASSÉ DE VOTRE PARTENAIRE ?

ENQUÊTE RÉALISÉE AUPRÈS DES FEMMES

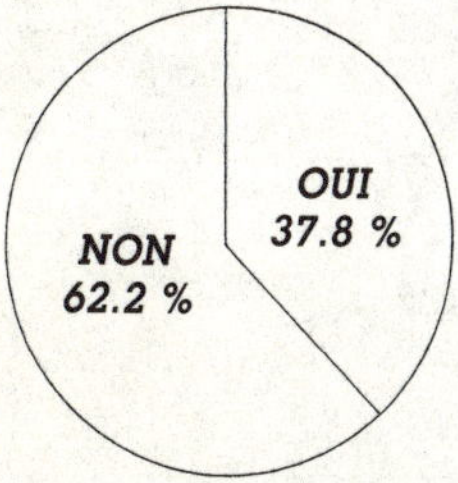

SAVOIR SE FAIRE DÉSIRER, MODE D'EMPLOI : VOUS SEREZ TRÈS SÉDUISANTE SI VOUS VOUS DONNEZ LES MOYENS DE L'ÊTRE, VOILÀ !

(SOURCE : L'AMOUR SELON JOHANNA)

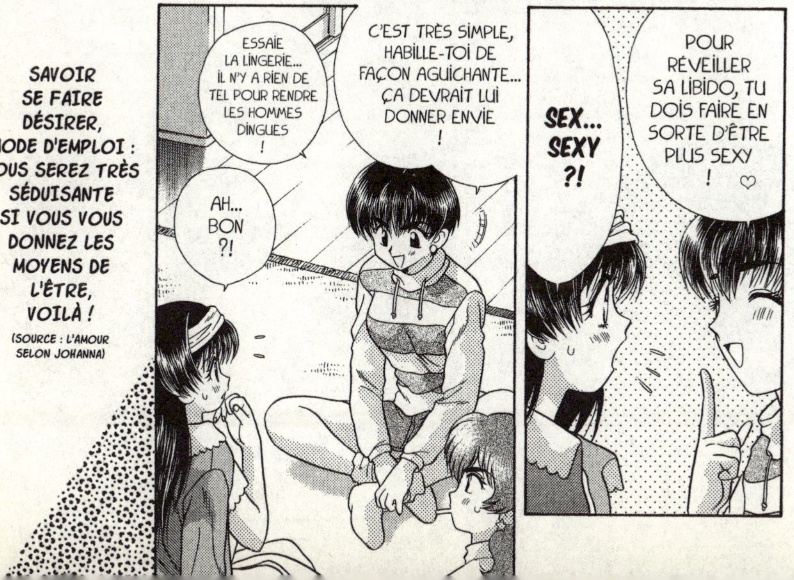

FAIRE L'AMOUR SEULEMENT POUR SON PROPRE PLAISIR NE FAIT QU'AGGRAVER LA SITUATION !
MAIS IL FAUT SAVOIR QUE...
C'EST UN PRINCIPE DE BASE DANS LA SEXUALITÉ !
POUR SON PROPRE PLAISIR...
AH BON ?!
TODOM
JE SUIS PERSUADÉE QUE TON MARI NE SE CREUSE PAS LA TÊTE POUR VARIER LES POSITIONS, PAS VRAI ?!
EUH... EN EFFET !
JE POURRAIS EN DIRE AUTANT DE MAKOTO...
MAIS... CE N'EST PAS À LA FEMME DE CHOISIR DANS QUELLE POSITION ON VA...
TOI, TU ES UNE VRAIE TIMIDE, HEIN ?
BON, DANS CE CAS, JE VAIS TE DONNER LA MARCHE À SUIVRE... ÉCOUTE BIEN !

LES BONS CONSEILS DU PROFESSEUR RIKA.
LES POSITIONS DE BASE
SACHEZ PASSER...
DE L'UNE À L'AUTRE !
TU NE T'ES JAMAIS MISE SUR LUI, N'EST-CE PAS ?!
EUH... NON !
POUR Y ARRIVER, C'EST ASSEZ SIMPLE... TU ES DANS LA POSITION DU MISSIONNAIRE ...
SPOF SPOF
AH... OUIII !
FLORK FLORK
PENDANT QUE L'HOMME VA ET VIENT...
FLOTCH
LA FEMME SE RELÈVE, ET...
SPOF
ASSISE ? JE N'AI JAMAIS FAIT ÇA...
AH ...
ELLE SE MET EN POSITION ASSISE...
FLORK FLORK

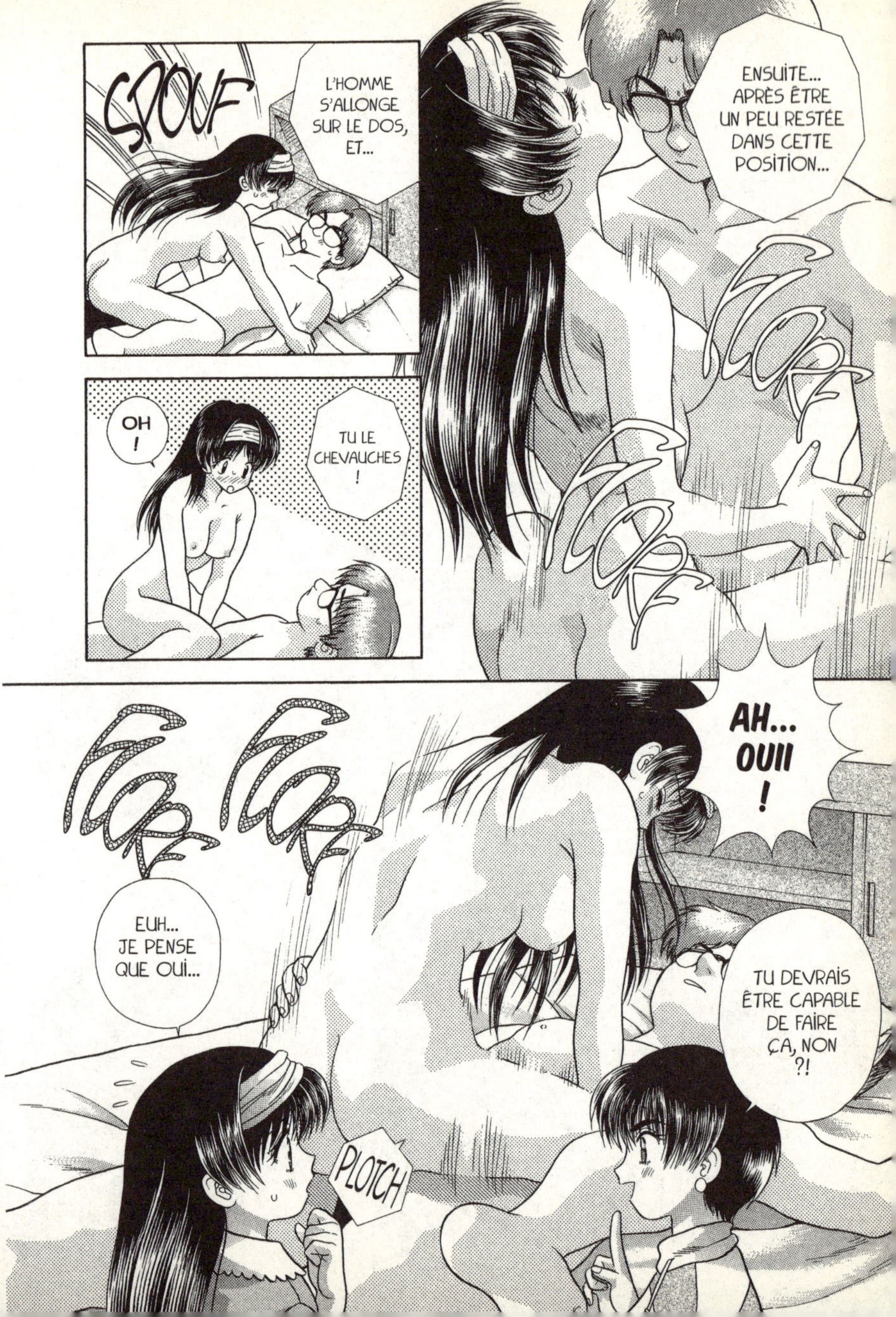
ENSUITE... APRÈS ÊTRE UN PEU RESTÉE DANS CETTE POSITION...
L'HOMME S'ALLONGE SUR LE DOS, ET...
SPOUF
TU LE CHEVAUCHES !
OH !
AH... OUII !
TU DEVRAIS ÊTRE CAPABLE DE FAIRE ÇA, NON ?!
EUH... JE PENSE QUE OUI...
PLOTCH

ON PEUT AUSSI UTILISER CETTE MÉTHODE QUAND SA PARTENAIRE EST TRÈS PUDIQUE.
ON COMMENCE PAR LA POSITION ASSISE...
OH... OUI ! ♡
FLOC
FLOC
PUIS L'HOMME S'ALLONGE POUR QUE LA FEMME SE RETROUVE SUR LUI.
SPOUF
AAAH !
JUN SERT DE MODÈLE.
POUR REVENIR FACILEMENT À LA POSITION DU MISSIONNAIRE, IL Y A UNE ASTUCE...
IL SUFFIT SIMPLEMENT DE ROULER SUR LE CÔTÉ...
ÇA VA, RIKA ?!
EUH...
YAMADA
HAA !
ET HOP !
VLOUF
ÉVIDEMMENT, QUAND ON EST SUR UN LIT, ON RISQUE DE TOMBER...
OUILLE !
SBLOUF
CRÉ-TIN !
OOOOOH !
HMM...TRÈS INSTRUCTIF !

BON, LÀ JE NE VOUS AI DONNÉ QUE DES CONSEILS POUR REDÉMARRER SUR DES BONNES BASES...
ÇA ME PARAÎT DÉJÀ ÉNORME !
BON... À PLUS TARD, GRANDE SŒUR !
EUH... OUI !
HIN HIN ! ♡
QU'EST-CE QU'IL Y A ?
HUM...
?
JE VAIS METTRE SES CONSEILS EN PRATIQUE DÈS CE SOIR !
TODOM TODOM
EN CE MOMENT... MAKOTO NE PENSE QU'À LUI...
MAIS... JE NE CONNAIS PAS D'AUTRES POSITIONS...
TODOM TODOM
JE ME DEMANDE SI... KYOKO NE SERAIT PAS ENCORE VIERGE... !
HÉ HÉ... ♡
BRAVO... C'EST CE QU'ON APPELLE AVOIR LE SENS DE L'OBSERVATION !

Club de golf Asayama
PENDANT CE TEMPS...
TCHAAC
TCHAAC
MAKOTO S'ENTRAÎNE AU GOLF.
CELA FAIT PARTIE DE SON TRAVAIL.
VOUUF
TIENS, M. YABUKI !
M. ONODA ! QUEL HASARD !
JE JOUE AU GOLF POUR ÉVACUER LE STRESS...
POURTANT VOUS AVEZ CE QU'IL FAUT À LA MAISON ! AVEC UNE FEMME AUSSI BELLE...
VEINARD...
UN PEU DE TENUE, MAKOTO ...
EN FAIT... NOUS N'AVONS PLUS DE RAPPORTS DEPUIS LONGTEMPS !
HÉ HÉ...
QUOII ?!
QUEL GÂCHIS !

VOUS, VOUS ÊTES MARIÉ DEPUIS PEU ET VOUS AVEZ UNE JOLIE FEMME ! VOUS NE DEVEZ SÛREMENT PAS VOUS ENNUYER...
MAIS, EN CE QUI ME CONCERNE, C'EST UN PEU DIFFÉRENT...
MA FEMME EST ISSUE D'UNE FAMILLE ARISTOCRATIQUE... ELLE A REÇU UNE ÉDUCATION STRICTE ET ELLE N'EST PAS PORTÉE SUR LE SEXE...
OH...
À MON AVIS, VOUS DEVRIEZ L'AIDER À SE... DÉCOINCER !
ELLE N'ATTEND PEUT-ÊTRE QUE ÇA !
SE DÉCOINCER... ?
YURA ET MOI, NOUS NE SOMMES ENCORE QUE DES DÉBUTANTS...
MAIS NOUS FAISONS DES EFFORTS POUR PROGRESSER...
CELA DIT... JE DOIS RECONNAÎTRE QUE MA FEMME EST TRÈS BELLE, BIEN FAITE ET TRÈS SÉDUISANTE...
HÉ HÉ HÉ !
DES GROS SEINS... UN CORPS DE RÊVE...
....
ÉCOUTEZ-LE, CE VANTARD !

QUAND JE REPENSE À TOUT CE QUE JE LUI AI DIT, ALORS QUE...
ELLE A TANT DE CHOSES À ME REPROCHER...
EN CE MOMENT, IL N'Y EN A QUE POUR TOI !
HÉ HÉ
JE DOIS ABSOLUMENT CHANGER MON COMPORTEMENT !
TIENS ?
SCRW

QU'EST-CE QUE C'EST ?
!
ÇA VIENT DE MON FRANGIN...
SSCRIF
OH NON !
SEX BOOK Manuel des 48 positions Explications détaillées
Manuel des 48 positions
J'ai pensé que tu devais être à court d'idées pour tes parties de jambes en l'air, alors je t'envoie ce manuel particulièrement instructif... Sache que tes visites nous manquent énormément ! Je t'appelle sous peu, Ton frère, Akira.
COMMENT A-T-IL DEVINÉ ?!
YEAH
LE... MANUEL DES 48 POSITIONS !
JE... J'EN AVAIS DÉJÀ ENTENDU PARLER, MAIS...
SEX BOOK Manuel des 48 positions Explications détaillées
OUI... MOI AUSSI, JE CROIS MÊME QU'IL Y EN A UNE QUI S'APPELLE LE REVERS DE LA ROULADE... ?!
TOUT FAUX !
EFFECTIVEMENT... BEAUCOUP DE GENS CONNAISSENT L'EXISTENCE DE CE MANUEL, MAIS PEU CONNAISSENT TOUTES LES POSITIONS MENTIONNÉES...

HUM
EUH... TU CROIS QUE L'ON PEUT S'EN SERVIR ?
TODOM
C'EST-À-DIRE QUE...
TU VIENS DANS LA CHAMBRE... ?!
DEMAIN, JE NE TRAVAILLE PAS ! ON POURRAIT EN PROFITER...
YURA AURAIT-ELLE ENVIE DE LES ESSAYER ?
ILS SEMBLENT BIEN DÉCIDÉS À ESSAYER TOUTES LES POSITIONS !
COMBIEN PARVIENDRONT-ILS À EN TESTER, EN UNE SEULE NUIT ?
TODOM
OUI... TU AS RAISON !
TODOM
ON... ON VA ÊTRE UN PEU À L'ÉTROIT DANS LE LIT, NON ?!
TODOM

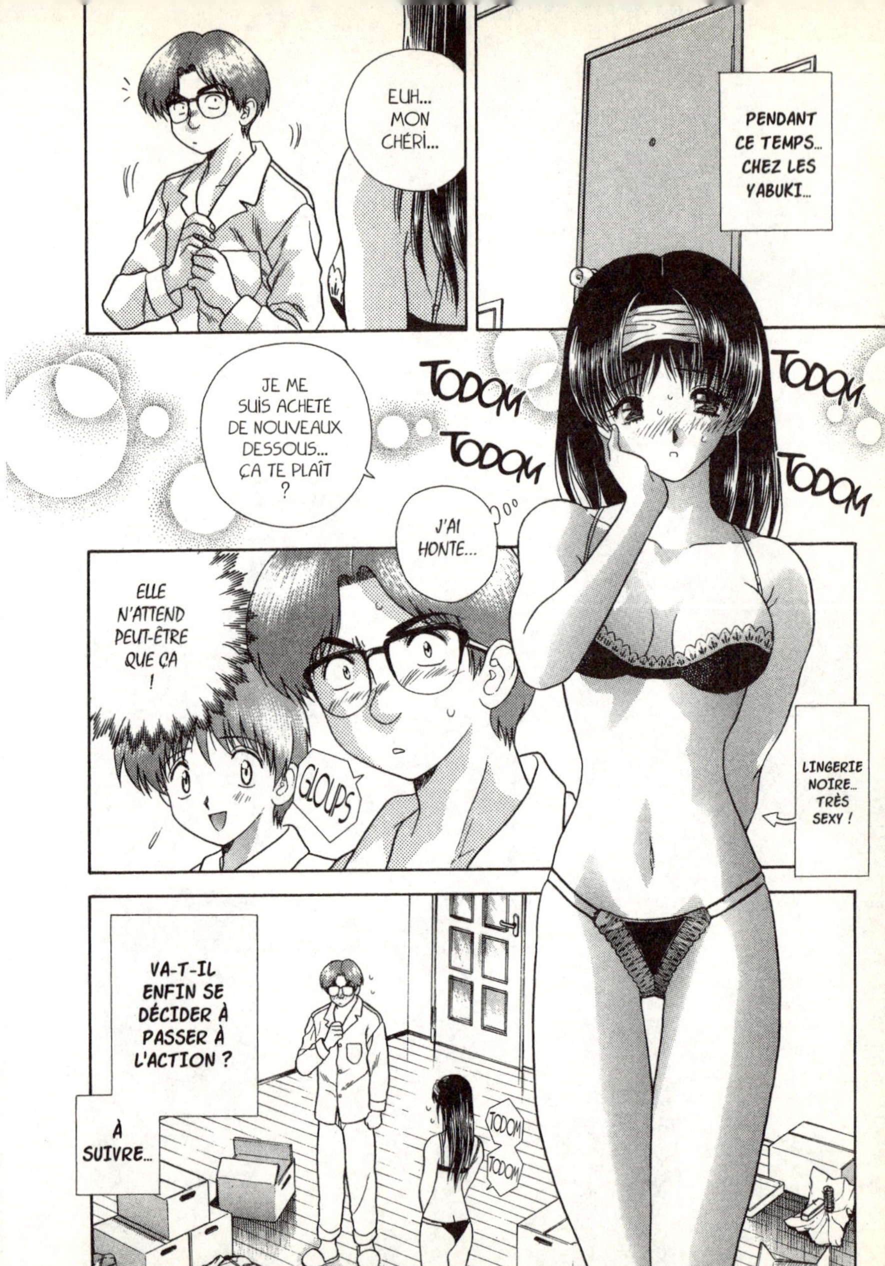

CHAPITRE 52 - LES BONS CONSEILS DU PROFESSEUR RIKA - FIN

STEP UP

Love Story

KATSU AKI

CHAPITRE 53

LE MANUEL DES 48 POSITIONS

* NDT : "YUKIYOÉ" OU "UKIYO-E" POURRAIT SE TRADUIRE PAR PEINTURES DU MONDE FLOTTANT, SOIT LE MONDE TERRESTRE INSTABLE... CELUI DES PLAISIRS NOTAMMENT. LES PEINTRES LES PLUS REPRÉSENTATIFS DE CE COURANT ARTISTIQUE, TELS QUE HISHIKAWA MORONOBU (1618-1694), KITAGAWA UTAMARO (1733-1808), OU TOSHUSAI SHARAKU, ONT PUISÉ LEUR INSPIRATION PRINCIPALEMENT DANS LE THÉÂTRE KABUKI ET LE QUARTIER DES PLAISIRS DE YOSHIWARA... CE STYLE A AUSSI ÉNORMÉMENT INFLUENCÉ LES PEINTRES IMPRESSIONNISTES OCCIDENTAUX.

LES 48 POSITIONS DE CE MANUEL... ONT ÉTÉ INSPIRÉES PAR LES SUMOS, ET SONT DEVENUES DES POSITIONS MYTHIQUES CONNUES DANS TOUT LE JAPON. QUELQUES-UNES DE CES POSITIONS SONT REPRÉSENTÉES SUR DES ESTAMPES YUKIYOÉ*, NOUS DONNANT AINSI LA PREUVE DE LEUR EXISTENCE ET DE LEUR PRATIQUE DÈS L'ÉPOQUE EDO (1603-1868).

ÇA M'A L'AIR UN PEU COMPLIQUÉ...
LE SCEAU DU PUITS... LA BROUETTE... ON DIRAIT DES NOMS DE PRISES DE CATCH...
SEX BOOK Manuel des 48 positions Explications détaillées
C'EST CARRÉMENT DE L'ACROBATIE !
......
YURA S'IMPATIENTE...
JE NE SAVAIS PAS QUE L'ON ENSEIGNAIT ÇA DANS LES ÉCOLES À L'ÉPOQUE EDO !
BIEN SÛR QUE NON !
SEX BOOK Manuel des 48 positions
EUH... MAKOTO !
OH, PARDON !
COMMENÇONS PAR CELLE-LÀ...
SEX BOOK Manuel des 48 positions Explications détaillées 48 positions
ATTENDS !

AVANT, J'AIMERAIS QUE...
AH... LES PRÉLIMINAIRES, C'EST ÇA ?!
EUH... OUI !
C'EST PARTI ! ☆
UN P'TIT CUNNILINGUS...
SLURP
NON... ATTENDS !
COMMENCE PAR LÀ !
AH... BON !
NE SOIS PAS SI PRESSÉ, MAKOTO !
D'AC-CORD !
HMM...
SMACK

PENDANT CE TEMPS... CHEZ LES VOISINS.
CHÉRI...
TODOM
TODOM
C'EST LA PREMIÈRE FOIS QUE TU PRENDS LES DEVANTS...
EUH... OUI... ENFIN...
HUM
TU ES BIEN EN TRAIN DE ME DEMANDER DE LE FAIRE, NON ?!
EUH... BEN...
NON... ENFIN... C'EST-À-DIRE QUE...
DÉCIDÉMENT... TU NE SAURAS JAMAIS DIRE LES CHOSES CLAIREMENT !
EUH... EXCUSE-MOI !
MAIS POURQUOI T'EXCUSER ?

NOUS ALLONS FAIRE L'AMOUR...
MAINTENANT QUE JE SUIS EXCITÉ..
CHÉRI, JE...
!!
SWii
TODOM TODOM
PTUM
OH NON... J'AI HONTE...
APRÈS UN AN D'ABSTINENCE... C'EST UN PEU NORMAL !
TODOM TODOM
DU CALME... CE N'EST PAS LE MOMENT DE FLANCHER...
COURAGE MIKA !
SWii

HMM... OOH !
SLUP
HÉ HÉ ! LES PRÉLIMINAIRES VONT BON TRAIN...
AAH... HMM...
FLITCH
FLITCH
PLITCH
AAAH ...
ÇA DEVRAIT ALLER...
PLITCH
FLUTCH
OUIII
OH !
FLOUTCH
FLOTCH
PLOTCH

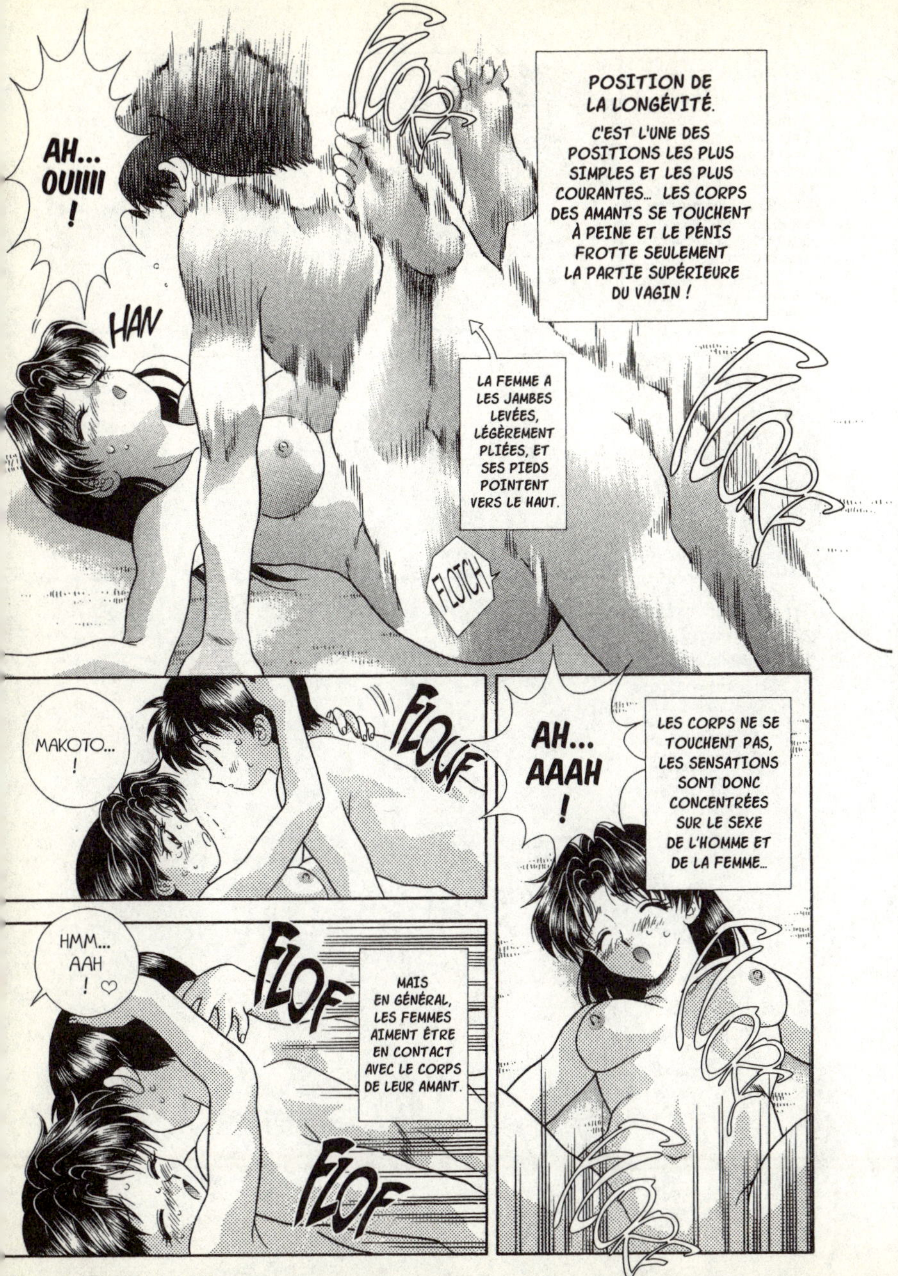
AH... OUIIII !
FLORK
POSITION DE LA LONGÉVITÉ.
C'EST L'UNE DES POSITIONS LES PLUS SIMPLES ET LES PLUS COURANTES... LES CORPS DES AMANTS SE TOUCHENT À PEINE ET LE PÉNIS FROTTE SEULEMENT LA PARTIE SUPÉRIEURE DU VAGIN !
HAN
LA FEMME A LES JAMBES LEVÉES, LÉGÈREMENT PLIÉES, ET SES PIEDS POINTENT VERS LE HAUT.
FLORK
FLOTCH
MAKOTO... !
FLOUF
AH... AAAH !
LES CORPS NE SE TOUCHENT PAS, LES SENSATIONS SONT DONC CONCENTRÉES SUR LE SEXE DE L'HOMME ET DE LA FEMME...
HMM... AAH ! ♡
FLOF
MAIS EN GÉNÉRAL, LES FEMMES AIMENT ÊTRE EN CONTACT AVEC LE CORPS DE LEUR AMANT.
FLOF
FLORK
FLORK

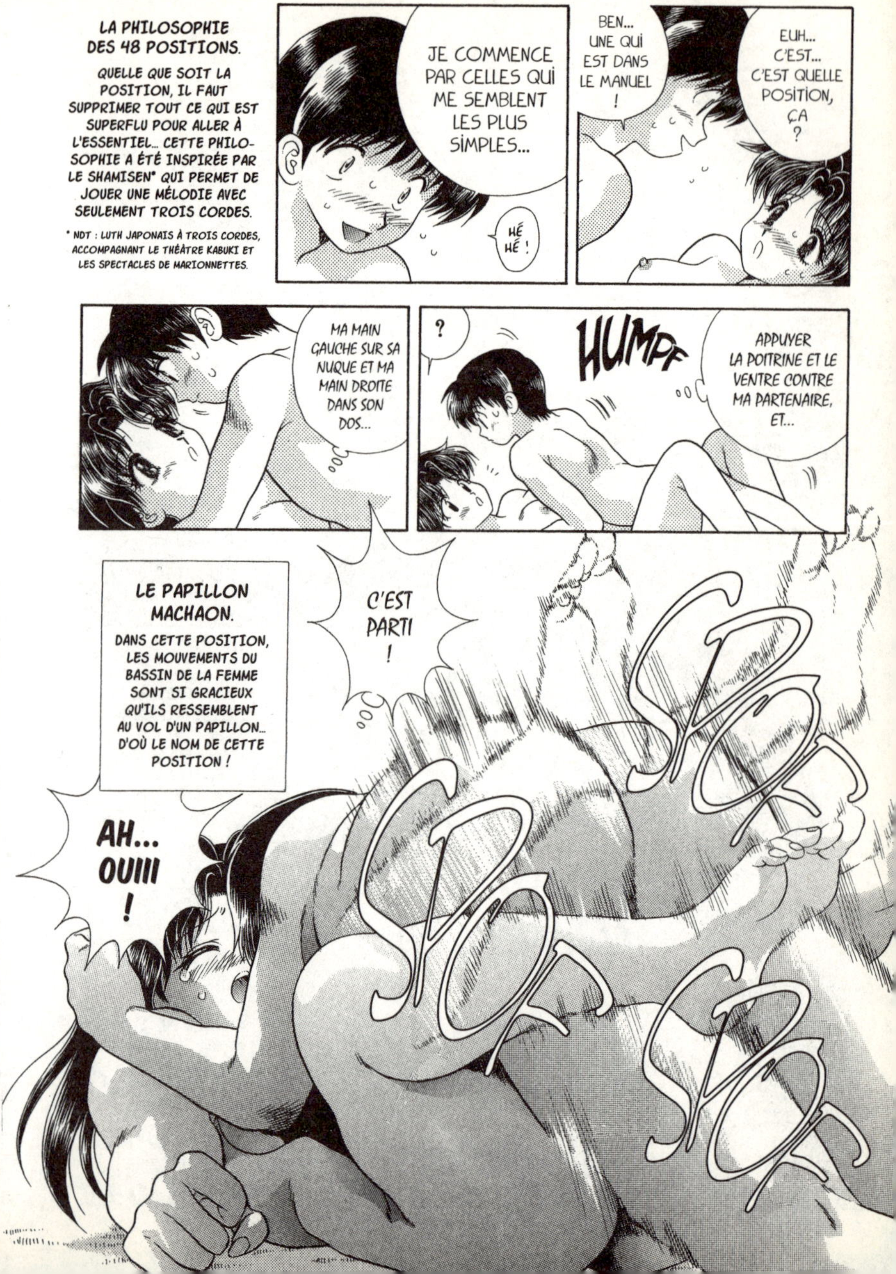
EUH... C'EST... C'EST QUELLE POSITION, ÇA ?
BEN... UNE QUI EST DANS LE MANUEL !
JE COMMENCE PAR CELLES QUI ME SEMBLENT LES PLUS SIMPLES...
HÉ HÉ !
LA PHILOSOPHIE DES 48 POSITIONS.
QUELLE QUE SOIT LA POSITION, IL FAUT SUPPRIMER TOUT CE QUI EST SUPERFLU POUR ALLER À L'ESSENTIEL... CETTE PHILOSOPHIE A ÉTÉ INSPIRÉE PAR LE SHAMISEN* QUI PERMET DE JOUER UNE MÉLODIE AVEC SEULEMENT TROIS CORDES.
* NDT : LUTH JAPONAIS À TROIS CORDES, ACCOMPAGNANT LE THÉÂTRE KABUKI ET LES SPECTACLES DE MARIONNETTES.
?
HUMPF
APPUYER LA POITRINE ET LE VENTRE CONTRE MA PARTENAIRE, ET...
MA MAIN GAUCHE SUR SA NUQUE ET MA MAIN DROITE DANS SON DOS...
C'EST PARTI !
LE PAPILLON MACHAON.
DANS CETTE POSITION, LES MOUVEMENTS DU BASSIN DE LA FEMME SONT SI GRACIEUX QU'ILS RESSEMBLENT AU VOL D'UN PAPILLON... D'OÙ LE NOM DE CETTE POSITION !
AH... OUIII !
SPOK
SPOK
SPOK
SPOK

HAN
OUII !
DES PETITS MOUVEMENTS CIRCULAIRES...
ENSUITE... JE RAMÈNE SES JAMBES, ET JE LES CROISE DANS MON DOS...
AH... AAAH !
PLOTCH
MÉTHODE DE LA NATTE. DANS CETTE POSITION, LE PÉNIS BUTE CONTRE L'UTÉRUS.
JE VAIS... JUSQU AU FOND...
BIEN ! MAINTENANT, JE RELÈVE SON BASSIN, ET...
FLOUF
OOH !

AAAH !
FOP
FOP
LE BATEAU ENTRANT AU PORT.
CETTE POSITION, PLUTÔT OSÉE PERMET D'ACCROÎTRE L'EXCITATION ÉROTIQUE DES PARTENAIRES, EN METTANT UN PEU DE PIMENT DANS LEURS ÉBATS.
JE VAIS FINIR PAR TOMBER !
YUM
YUM
NE POUVANT S'APPUYER QUE SUR SES MAINS, LA FEMME EST OBLIGÉE DE FAIRE UN GROS EFFORT PHYSIQUE POUR NE PAS TOMBER, PROVOQUANT DES CONTRACTIONS DU VAGIN.
SUPER ! ♡
HAN HAN
FLOTCH
FLORF
AH... OUIII !
YUM YUM
EN FAIT... CE NE SONT QUE DES VARIATIONS DE LA POSITION DU MISSIONNAIRE !
C'EST LE PIED ! ♡

VOYONS UN PEU OÙ EN SONT LES YABUKI...
AH... HMM...
ILS SEMBLENT EN AVOIR FINI AVEC LES PRÉLIMINAIRES.
FLITCH
FLITCH
SPOUF
FLIF
LE VAGIN DE MIKA EST TRÈS ÉTROIT.
FLOF
FLOUTCH
AH... OUII !
HMM... JE SENS DÉJÀ DES FRISSONS PARTOUT !
Hmm
Hmm
PLOTCH

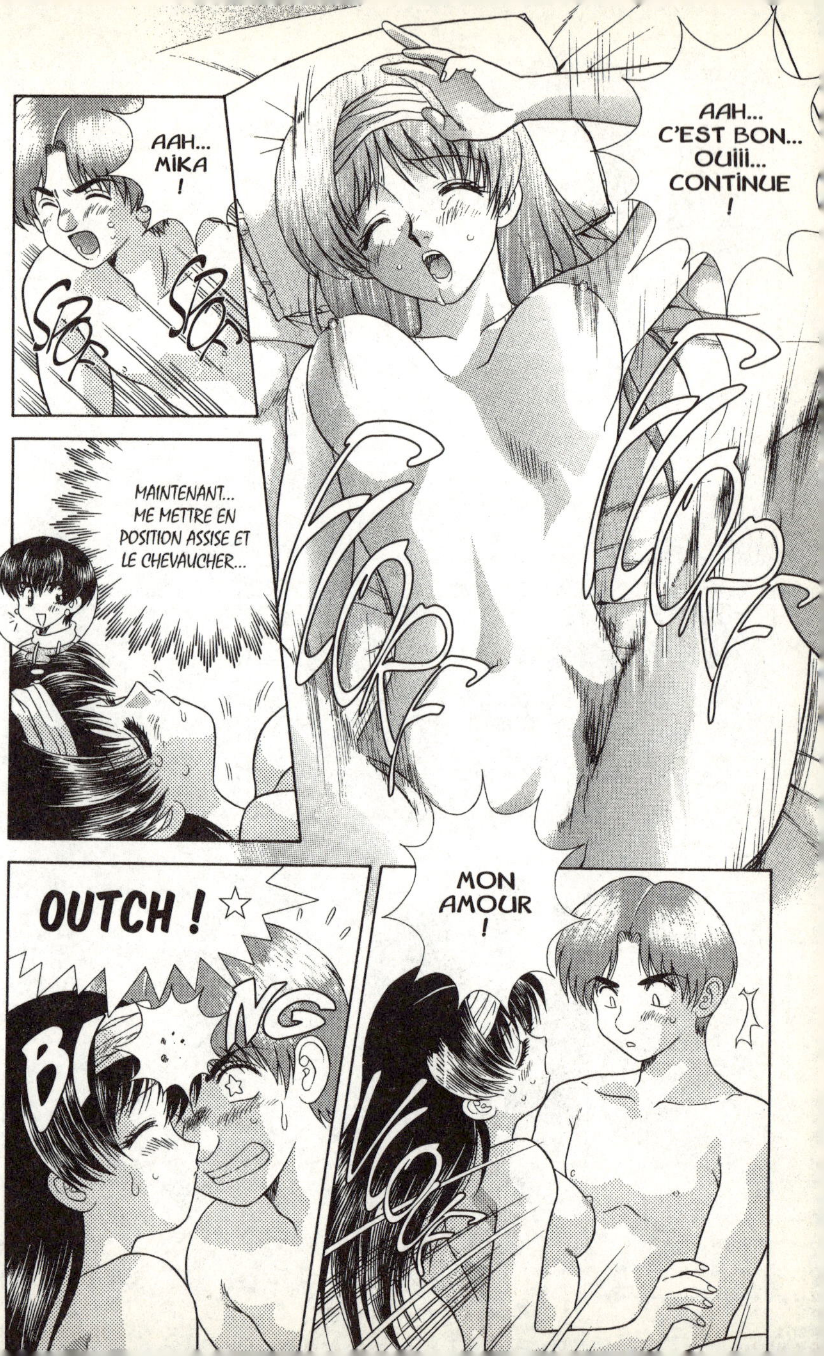
AAH... MIKA !
AAH... C'EST BON... OUIII... CONTINUE !
MAINTENANT... ME METTRE EN POSITION ASSISE ET LE CHEVAUCHER...
OUTCH ! ☆
BING
MON AMOUR !

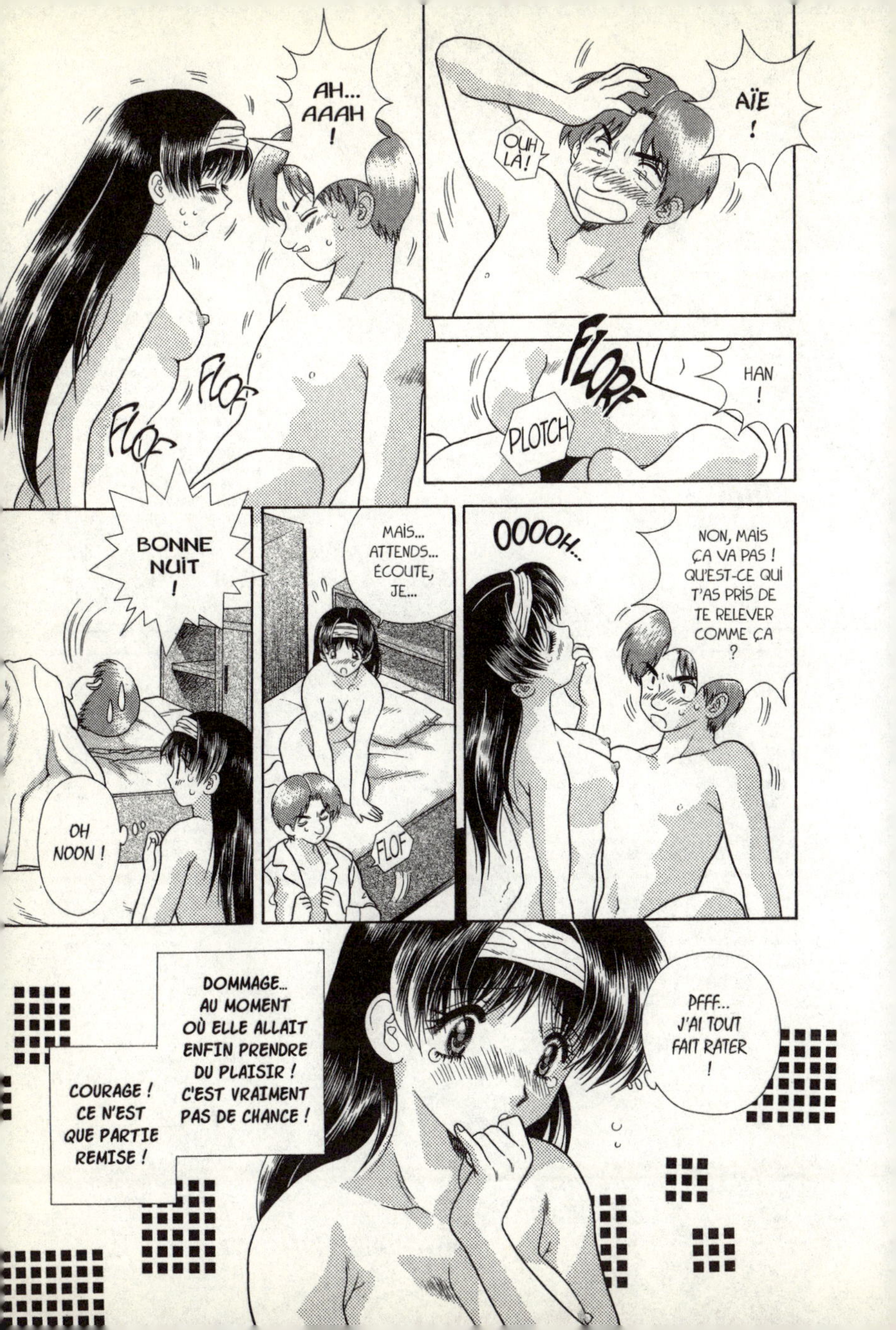
AÏE !
OUH LÀ !
HAN !
FLORF
PLOTCH
AH... AAAH !
FLOF
FLOF
OOOOH...
NON, MAIS ÇA VA PAS ! QU'EST-CE QUI T'AS PRIS DE TE RELEVER COMME ÇA ?
MAIS... ATTENDS... ÉCOUTE, JE...
FLOF
BONNE NUIT !
OH NOON !
PFFF... J'AI TOUT FAIT RATER !
DOMMAGE... AU MOMENT OÙ ELLE ALLAIT ENFIN PRENDRE DU PLAISIR ! C'EST VRAIMENT PAS DE CHANCE !
COURAGE ! CE N'EST QUE PARTIE REMISE !

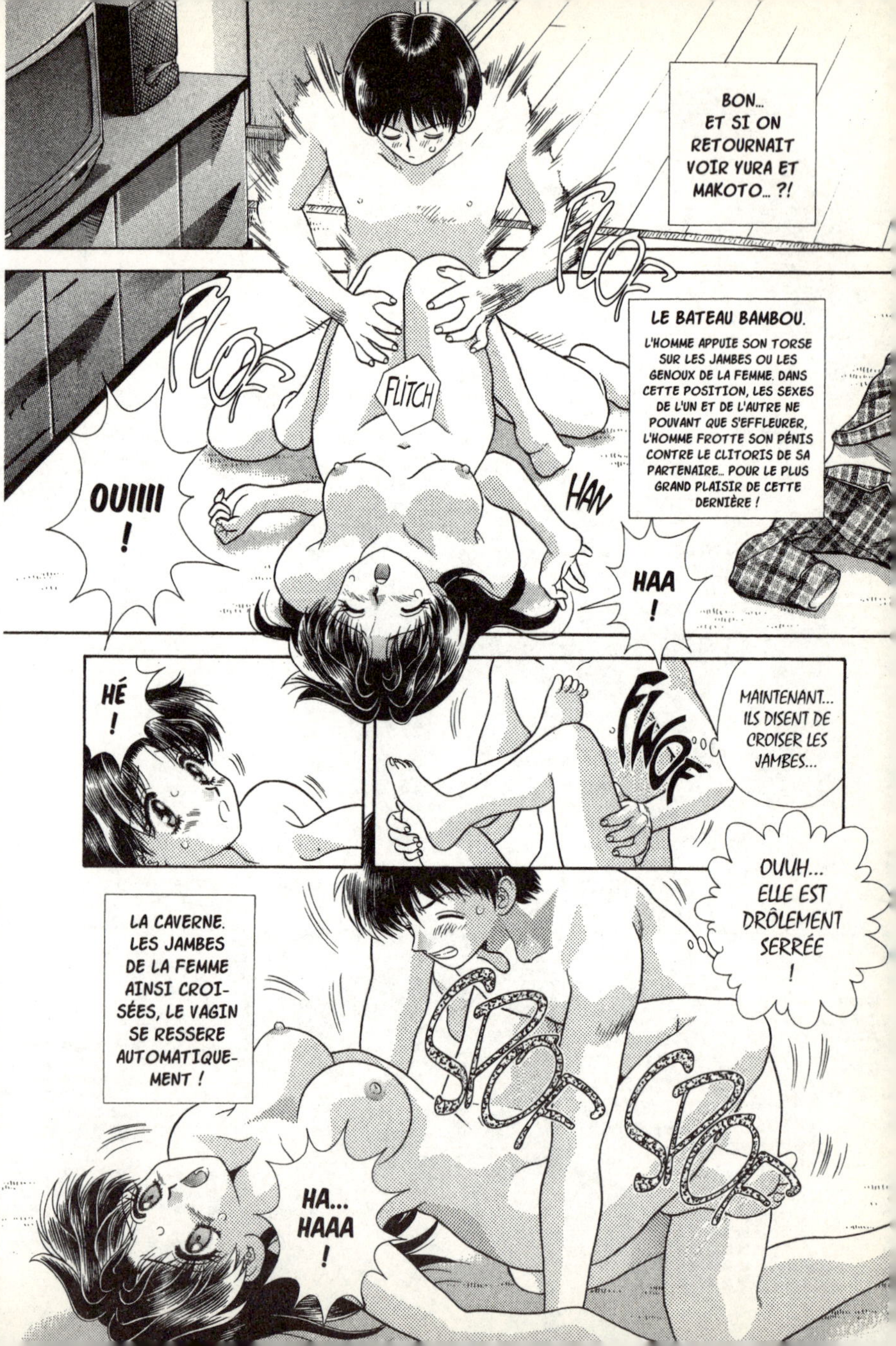
BON... ET SI ON RETOURNAIT VOIR YURA ET MAKOTO... ?!
FLOF
FLOF
FLITCH
LE BATEAU BAMBOU.
L'HOMME APPUIE SON TORSE SUR LES JAMBES OU LES GENOUX DE LA FEMME. DANS CETTE POSITION, LES SEXES DE L'UN ET DE L'AUTRE NE POUVANT QUE S'EFFLEURER, L'HOMME FROTTE SON PÉNIS CONTRE LE CLITORIS DE SA PARTENAIRE... POUR LE PLUS GRAND PLAISIR DE CETTE DERNIÈRE !
OUIIII !
HAN
HAA !
HÉ !
FWOF
MAINTENANT... ILS DISENT DE CROISER LES JAMBES...
OUUH... ELLE EST DRÔLEMENT SERRÉE !
LA CAVERNE. LES JAMBES DE LA FEMME AINSI CROI-SÉES, LE VAGIN SE RESSERE AUTOMATIQUE-MENT !
SPOF SPOF
HA... HAAA !

OOH... C'EST BON... JE LE SENS BIEN !
CETTE POSITION PROCURE BEAUCOUP DE PLAISIR AUX DEUX PARTENAIRES.
JE... J'EN PEUX PLUS !
HAN HAN
SPLITCH
FLOF FLOF FLOF
SPLOTCH
HAN HAN
HAA !
FLOF FLOF
HAN ! HAAN !
FLITCH
HAN ! HAAN !
HAN
TU AS TENU PLUS LONGTEMPS QUE D'HABITUDE !
OUI... C'EST COOL !
FORCÉMENT ! AVEC 4 ÉPAISSEURS DE PRÉSERVATIFS ! HI HI !
PLUITCH

LE MANUEL PARLE DE 48 POSITIONS...
ON EST ENCORE LOIN DU COMPTE...
EUH... LA PROCHAINE FOIS... JE POURRAI...
LES CHOISIR MOI-MÊME ?!
TODOM
TODOM
......
HEIN ?
HUM... LAISSE-MOI JETER UN COUP D'ŒIL ! ♡
TODOM
YURA AURAIT-ELLE L'INTENTION DE MENER LA DANSE LORS DU DEUXIÈME ROUND ?!
TODOM
TODOM
QUE LUI RÉSERVE-T-ELLE ?

STEP UP
Love Story
KATSU AKI

CHAPITRE 54
YURA SE LANCE ! ☆

ALLEZ, AKIRA ! VIENS ! ♡
SA FEMME, SANAE, 26 ANS.
SI L'ON DÉTAILLE BIEN CHAQUE POSITION DU MANUEL, ON S'APERÇOIT QU'IL Y EN A EN FAIT 60 !
ON DIT AUSSI QUE CHACUNE DES 48 POSITIONS DE BASE PEUT ÊTRE DOUBLÉE, CE QUI EN FAIT 96...
LES NOMS DES POSITIONS PEUVENT CHANGER...
JE NE PENSE PAS QUE YURA SOIT ENCORE PRÊTE !
BAH, IL N'Y A PAS DE MAL À S'INSTRUIRE !
DE TOUTE FAÇON, POUR PRENDRE DU PLAISIR EN PRATIQUANT LE SEXE... IL FAUT UN PEU DE TECHNIQUE, ET BEAUCOUP DE PRATIQUE !
TU PARLES COMME UN VRAI PRO DU SEXE, TOI !
OUAIS... ET CROIS-MOI, C'EST BEAUCOUP DE TRAVAIL... HA HA HA...

MAIS... !
NON ! NE TOUCHE PAS À ÇA, C'EST MON AGENDA...
OH ! QU'EST-CE QUE C'EST ?!
D'AILLEURS, JE DEVRAIS SONGER À FAIRE DAVANTAGE PROFITER MAKOTO DE MON EXPÉRIENCE...
HUM...
DANS CERTAINS CABARETS, LES CLIENTS SONT AUTORISÉS À PRENDRE EN PHOTO LE CORPS DÉNUDÉ DES HÔTESSES.
CLIC
OH NON ! ELLE A TROUVÉ LA PHOTO !
TU SAIS, MÊME UN PRO A BESOIN DE SE PERFECTIONNER...
AKIRA AAA... !
FROISS
IL EST PARFOIS MAUVAIS DE VOULOIR TROP S'INSTRUIRE...
AH BON ?! JE NE VOIS PAS POURQUOI !
CRASH
PIF
PAF
TAIS-TOI ! UN TEL COMPORTEMENT DE LA PART D'UN AVOCAT, C'EST LAMENTABLE !

REVENONS UN PEU À NOS DEUX TOURTEREAUX...
YURA SE PRÉPARE POUR LE SECOND ROUND.
TODOM
C'EST... C'EST INCROYABLE !
TODOM
TODOM
SEX BOOK
Manuel des 48 positions
MANUEL DES 48 POSITIONS.
TODOM
TODOM
HUM
JOLIE VUE ! ♡
PFF... IL LUI EN FAUT, DU TEMPS...
EUH... ÇA Y EST ?!
TU AS TROUVÉ QUELQUE CHOSE QUI TE PLAÎT ?!
LAISSE-MOI UN PEU DE TEMPS !
C'EST PAS FACILE !

MAIS C'EST DE L'ACROBATIE !
FLOC FLOC
LE CARROSSE IMPÉRIAL.
LES CORPS DE L'HOMME ET DE LA FEMME FORMENT UN "T"... L'HOMME EST ALLONGÉ SUR LE CÔTÉ, LA FEMME, SUR LE DOS, JAMBES RELEVÉES. LES ONDULATIONS DE SON BASSIN FONT PENSER AU BALANCEMENT CADENCÉ D'UN CARROSSE.
JE NE POURRAI JAMAIS ! J'AURAI TROP HONTE !
NOOOON !
TCHA
FLOTCH
LE BOUTON AGITÉ.
LES DEUX AMANTS SONT ALLONGÉS SUR LE DOS. LA FEMME AU-DESSUS. L'HOMME PASSE SES MAINS DE CHAQUE CÔTÉ DES CUISSES DE SA PARTENAIRE, L'OBLIGEANT AINSI À S'OFFRIR D'UNE MANIÈRE PARTICULIÈREMENT IMPUDIQUE.
HEIN ?!
UNE FOIS, C'EST DÉJÀ BIEN, NON... ?!
SI ON REMETTAIT ÇA À UNE AUTRE FOIS ?!
OUI ?
EUH... MAKOTO... J'AI UNE IDÉE...

?
REMARQUE... DES DÉCEPTIONS, J'EN AI EUES PLEIN !
UNE FOIS, QUAND J'ÉTAIS PETIT, LA SORTIE SCOLAIRE A ÉTÉ ANNULÉE À CAUSE DU MAUVAIS TEMPS...
J'AI DÛ MANGER MON PIQUE-NIQUE CHEZ MOI... TOUT SEUL ! C'ÉTAIT D'UN TRISTE !
BON... ÇA VA, T'AS GAGNÉ !
AH... NON ! T'AS VU DANS QUEL ÉTAT JE SUIS ?!
J'VAIS QUAND MÊME PAS ME MASTURBER !
MAIS... MAKOTO !
BIEN, ASSEZ PERDU DE TEMPS !
SPOUM
TODOM
TU SAIS...
DANS CETTE POSITION, J'IMAGINE MIEUX CE QUE TU RESSENS EN M'ATTENDANT !
TODOM TODOM
OH LÀ LÀ ! MAKOTO VA BIENTÔT ME PRENDRE !
VIIITE... RENDS-MOI FOLLE DE PLAISIIIR !
NON... CE N'EST PAS DU TOUT À ÇA QUE JE PENSE !

J'Y VAIS ! ♡
EUH... NE ME REGARDE PAS COMME ÇA !
OK !
TODOM TODOM
JE LA RENTRE !
FLITCH FLITCH
NON... T'ES TROP HAUT...
MAIS... NON... LÀ, C'EST MON...
ZUT, C'EST PAS ÉVIDENT !
FLWIIF
TU VEUX PAS LE FAIRE TOI-MÊME ?!
QUOI ¡¡¡¡¡¡ ?!
J'Y ARRIVE PAS !
C'EST PAS VRAI !
OOH... ELLE EST DURE !
WHAAA ♡
PLITCH

LÀ... ÇA DOIT ÊTRE BON !
FLOP
FLITCH
DI.ITCH
OUIII !
HAAA
FLOTCH
FLOUTCH
HAAAA
OUII !
Hmmm
VAS-Y, CONTINUE !
EUH... OUI !
J'AI HONTE...
CE N'EST POURTANT PAS LA PREMIÈRE FOIS QUE YURA SE RETROUVE DANS CETTE POSITION...
TODOM
TODOM

FLOTCH
LE MORTIER.
LA FEMME, À CALIFOURCHON SUR L'HOMME, FAIT ALLER ET VENIR SON BASSIN.
HMM !
HAA !
FLOP FLOP
EN FAIT, C'EST UNE VARIANTE DE LA POSITION DE L'ANDROMAQUE.
DANS LE MANUEL DES 48 POSITIONS, IL EXISTE DE NOMBREUSES FIGURES QUI PERMETTENT AUX FEMMES DE MENER LA DANSE.
HAAA ! HAAN !
Hmm
L'AVERSE AUTOMNALE.
S'AIDANT DE SES JAMBES, LA FEMME BOUGE SON BASSIN DE HAUT EN BAS, ET DE GAUCHE À DROITE. LE VAGIN, DÉTREMPÉ DE PLAISIR, ARROSE LITTÉRALEMENT LE PÉNIS... D'OÙ LE NOM DE CETTE POSITION.
HAA... C'EST LE PIED !

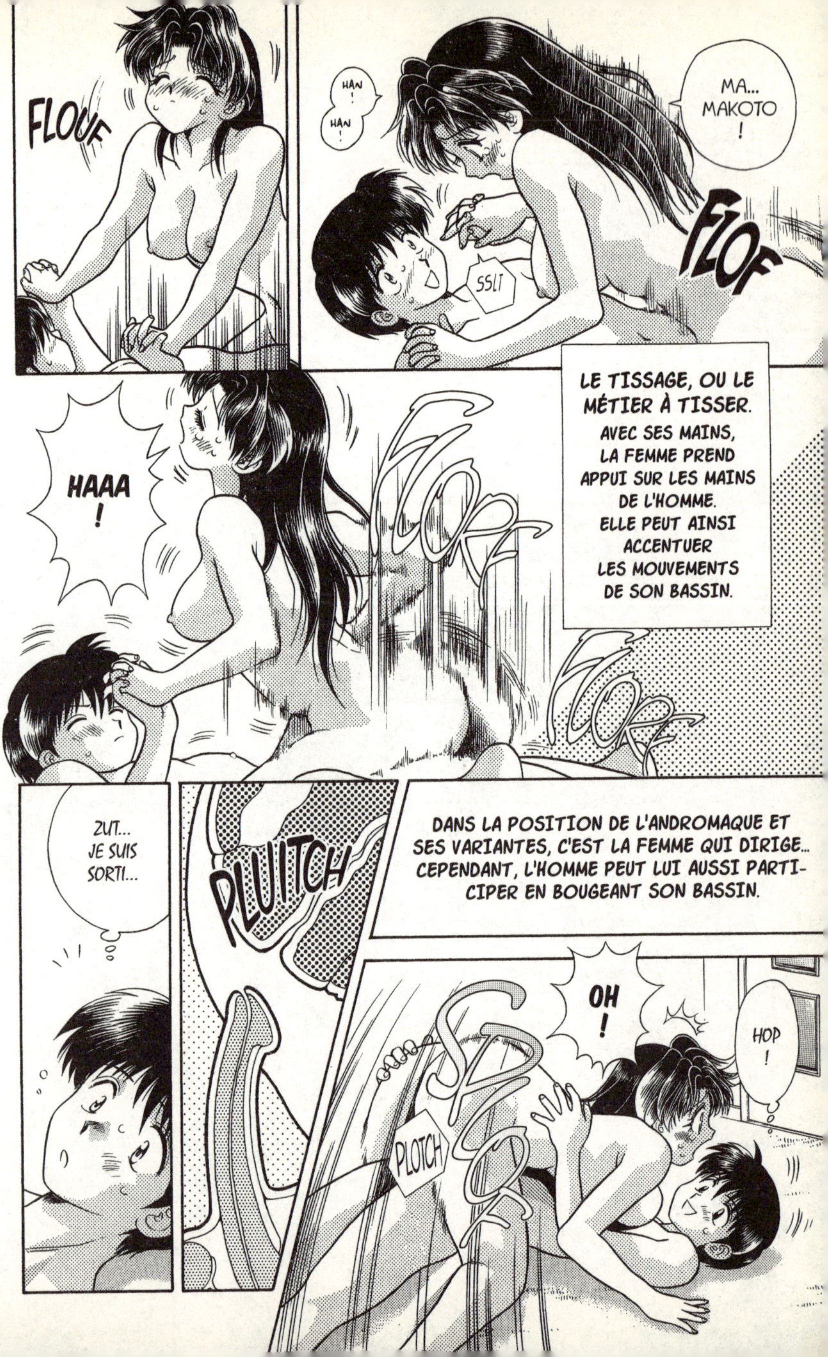
FLOUF
HAN ! HAN !
MA... MAKOTO !
FLOF
SSLT
HAAA !
LE TISSAGE, OU LE MÉTIER À TISSER.
AVEC SES MAINS, LA FEMME PREND APPUI SUR LES MAINS DE L'HOMME. ELLE PEUT AINSI ACCENTUER LES MOUVEMENTS DE SON BASSIN.
ZUT... JE SUIS SORTI...
PLUITCH
DANS LA POSITION DE L'ANDROMAQUE ET SES VARIANTES, C'EST LA FEMME QUI DIRIGE... CEPENDANT, L'HOMME PEUT LUI AUSSI PARTICIPER EN BOUGEANT SON BASSIN.
OH !
HOP !
PLOTCH

IL FAUT BIEN ESSAYER...
TODOM TODOM
JE... J'AI UN PEU HONTE, MAIS...
NON !
TODOM TODOM
FLORF
PLOTCH
OUIII !
FLORF
GÉNIAL !
FLOF
HAA... !
HMM... HAAA !
LA PLEINE LUNE.
C'EST UNE POSITION EXTRÊMEMENT GÊNANTE POUR LES FEMMES, CAR LEUR ANUS EST EXPOSÉ À LA VUE DE LEUR PARTENAIRE.
HAN HAN
QUELLE VUE SPLENDIDE !
FLOR
FLOR
FLOTCH

FLOF
TU... TU AIMES ÇA, MAKOTO ?!
FLOF
HAAA
OUAIS... J'ADORE !
MOI AUSSI !
HAN ! HAN !
HOLÀ !
TODOM TODOM
LE BATEAU PORTE-BONHEUR.
ICI, ON PEUT DIRE QUE LA FEMME PREND VRAIMENT LES RÊNES... ELLE S'AGRIPPE À LA JAMBE DRESSÉE DE SON PARTENAIRE, QUI A ALORS L'IMPRESSION QUE SON PÉNIS SE VRILLE.
OOH... OUAIIIS ! C'EST... TOP !
FLOF
CLOUF
HAA !

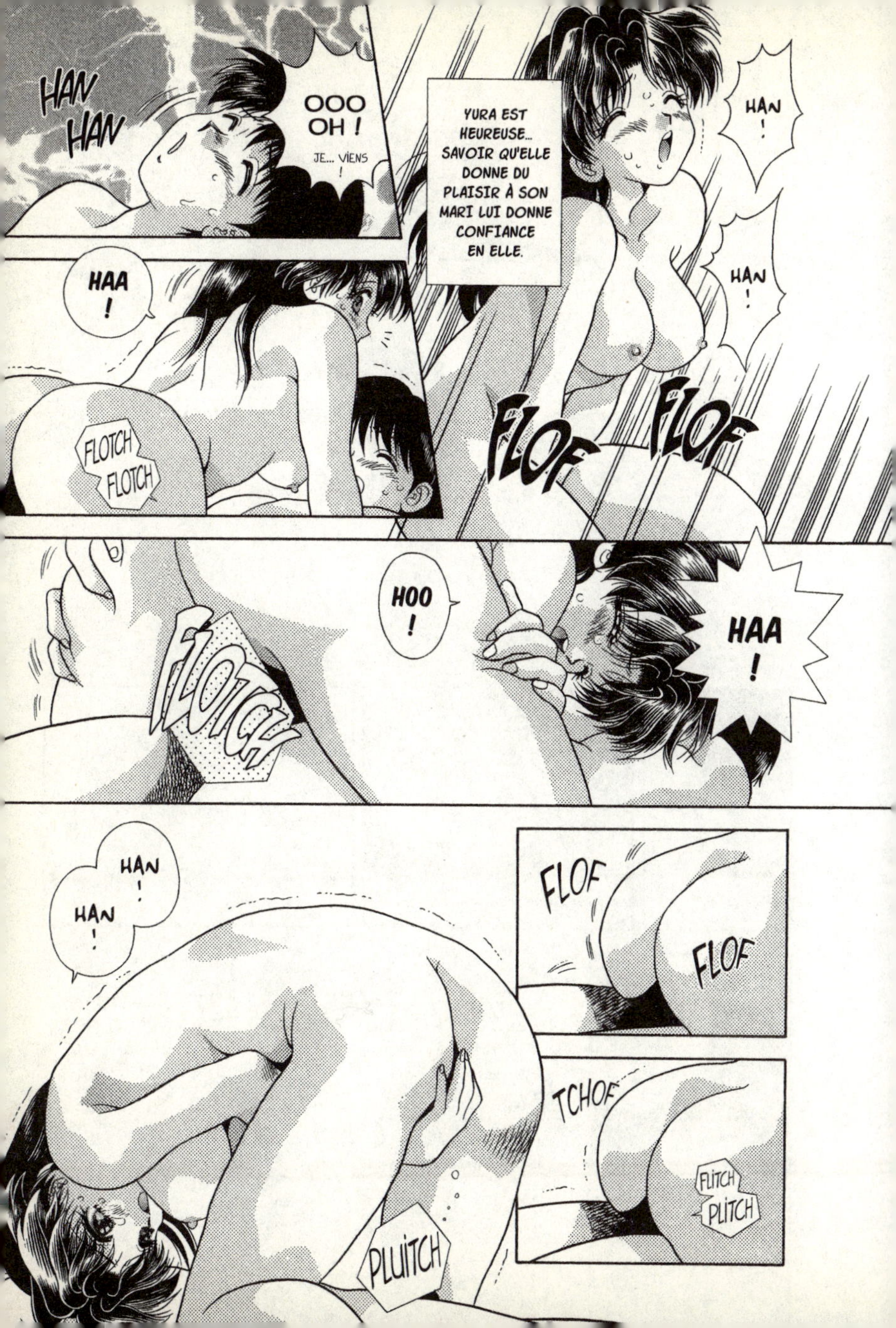
YURA EST HEUREUSE... SAVOIR QU'ELLE DONNE DU PLAISIR À SON MARI LUI DONNE CONFIANCE EN ELLE.
HAN !
HAN !
OOO OH !
JE... VIENS !
HAN HAN
FLOF FLOF
HAA !
FLOTCH FLOTCH
HAA !
HOO !
FLOTCH
FLOF
FLOF
TCHOF
FLITCH PLITCH
HAN !
HAN !
PLUITCH

PFFOUU...
HAA...
ALORS... C'ÉTAIT COMMENT, YURA ?
HÉ HÉ...
PAS MAL, CE MANUEL, HEIN ?!
HMM... C'ÉTAIT TRÈS BON, MAKOTO... MAIS...
MAIS ?!
JE NE SAIS PAS SI C'EST NORMAL, MAIS... J'AI ENCORE ENVIE...
JE NE SAIS PAS COMMENT ÇA SE FAIT...
JE N'AI PEUT-ÊTRE PAS ÉTÉ À LA HAUTEUR ?!

NON... TU AS ÉTÉ GÉNIAL ! C'EST PLUTÔT MOI QUI MANQUE D'EXPÉRIENCE !
BEN... JE N'EN AI PAS BEAUCOUP NON PLUS...
HA HA... ALORS, C'EST SÛREMENT PARCE QUE NOUS MANQUONS D'EXPÉRIENCE TOUS LES DEUX.
PEUT-ÊTRE ! ♡
HI HI
SMACK
JE T'AIME, MAKOTO... ♡
MOI AUSSI ! ♡
UNE CHOSE EST SÛRE... NOS DEUX AMOUREUX PROGRESSENT LENTEMENT, MAIS SÛREMENT.

IL NE SUFFIT PAS DE VARIER LES POSITIONS POUR AVOIR UN ORGASME !
UN ORGASME ?!
OUI ! C'EST COMME ÇA QUE L'ON APPELLE LE POINT CULMINANT DU PLAISIR SEXUEL.
CELA N'EST ENCORE JAMAIS ARRIVÉ À YURA.
UN MEC PREND SON PIED QUAND IL ÉJACULE... C'EST MÉCA-NIQUE !
MAIS POUR LES FEMMES, C'EST DIFFÉRENT ! NOUS, C'EST DANS LA TÊTE QUE ÇA SE PASSE....
OOOH... JE CROIS QUE J'AI ENCORE BEAUCOUP DE CHOSES À APPRENDRE...
IL N'Y A PAS DE DOUTE... YURA ET MAKOTO ONT DU PAIN SUR LA PLANCHE !

BONUS

LE MANUEL DES 48 POSITIONS, TEL QU'IL EXISTAIT À L'ÉPOQUE EDO !

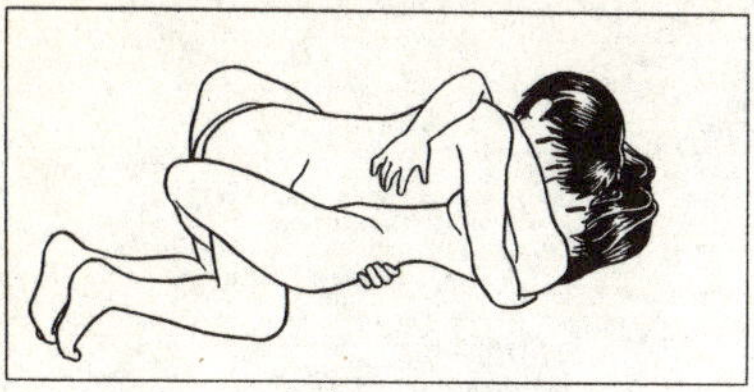

1 - L'ÉPUISETTE

REGARDEZ BIEN ! LES CORPS ENLACÉS DES DEUX PARTENAIRES FORMENT COMME UNE ÉPUISETTE... SI, SI !

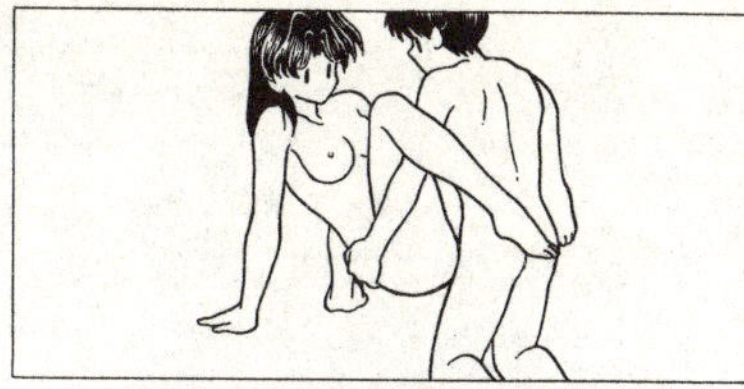

2 - LE BATEAU ENTRANT AU PORT

LA FEMME, EN APPUI SUR SES MAINS, PASSE SES JAMBES AUTOUR DE LA TAILLE DE SON PARTENAIRE QUI LA SOULÈVE PAR LE BASSIN.

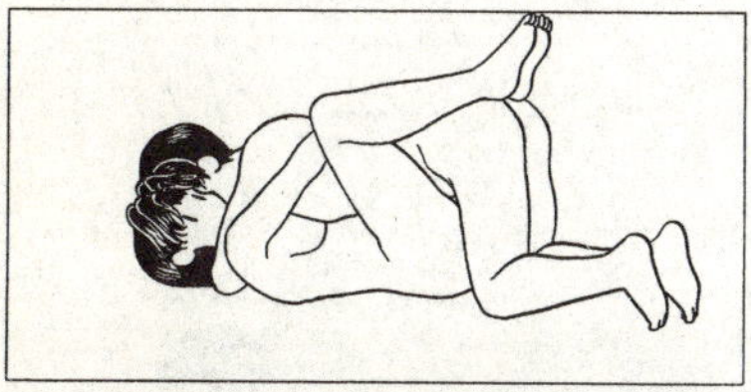

3 - LA FLEUR ÉCLATÉE

LES DEUX AMANTS SONT COLLÉS L'UN CONTRE L'AUTRE. AVEC SES JAMBES, LA FEMME PEUT ÉTREINDRE SON PARTENAIRE.

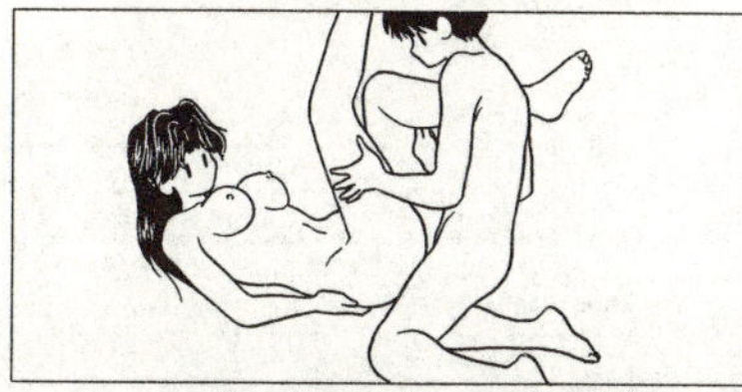

4 - LA MONTAGNE PROFONDE

LA FEMME RELÈVE SES JAMBES, ET GLISSE SES MAINS SOUS SES FESSES POUR OFFRIR SON VAGIN À SON PARTENAIRE.

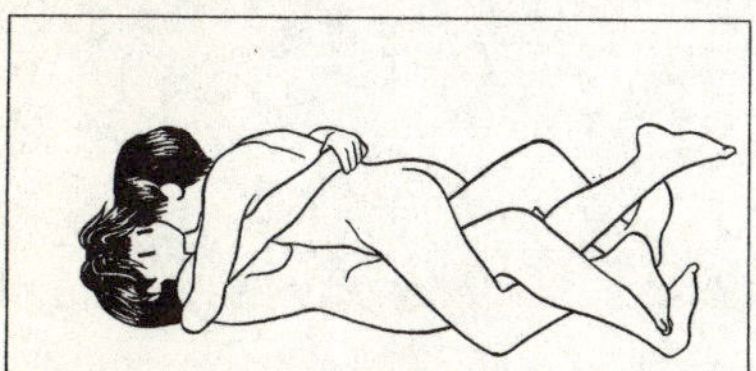

5 - L'ÉTREINTE

CETTE POSITION NE PERMET PAS DE PÉNÉTRER TRÈS PROFONDÉMENT SA PARTENAIRE, MAIS LE PÉNIS EST COMPRIMÉ PAR LE VAGIN ET IL FROTTE SUR LE CLITORIS.

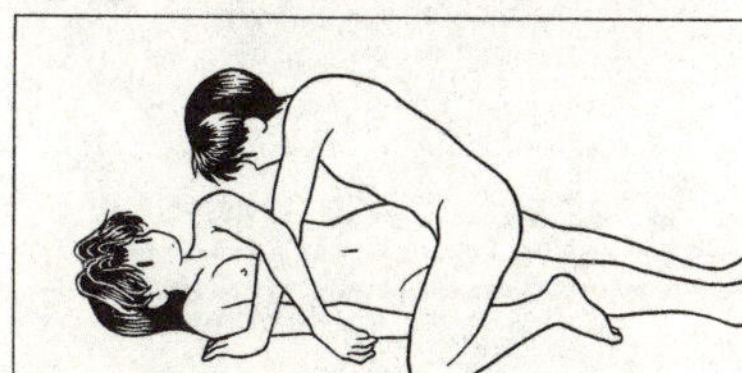

6 - LA COUPE DU BAMBOU

DANS CETTE POSITION, LE PÉNIS EST LITTÉRALEMENT COMPRESSÉ DANS LE VAGIN.

7 - LE SAC DE PAILLE

CETTE POSITION DEMANDE UNE CERTAINE FORCE PHYSIQUE, CAR L'HOMME DOIT SOULEVER LE BASSIN DE LA FEMME.

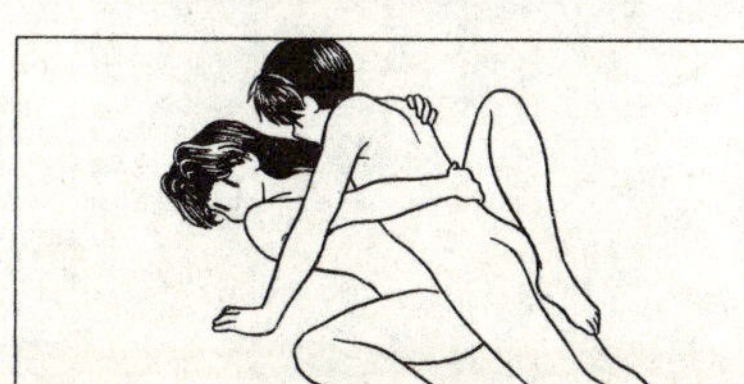

8 - LE PLUVIER

L'UNE DE SES JAMBES AINSI RELEVÉE, LA FEMME PEUT ÊTRE PÉNÉTRÉE PLUS PROFONDÉMENT.

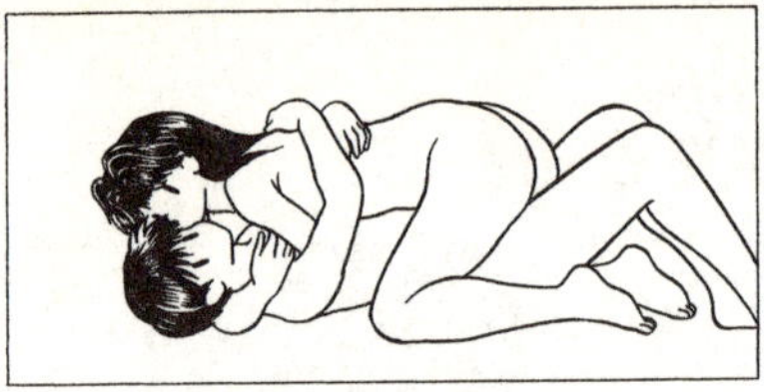

9 - LE MORTIER

ENLACÉS, LES AMANTS S'ÉTREIGNENT. AVEC SON BASSIN, LA FEMME FAIT DE PETITS MOUVEMENTS CIRCULAIRES.

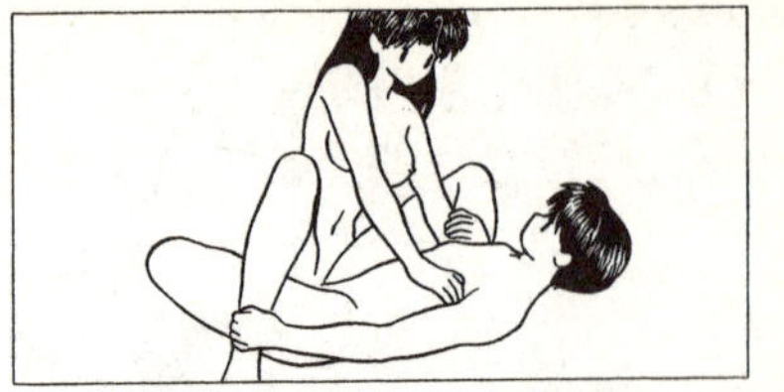

10 - L'AVERSE AUTOMNALE

LA FEMME EST À CHEVAL SUR L'HOMME ET BOUGE SON BASSIN À SA GUISE.

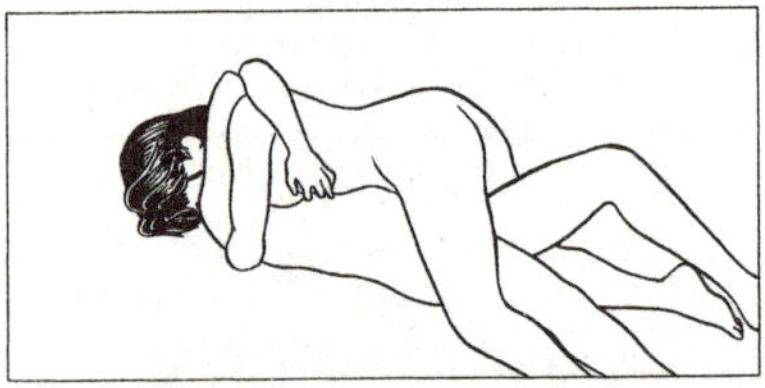

11 - LE RADEAU

EN UNE FERME ÉTREINTE, L'HOMME PASSE SES BRAS AUTOUR DU COU DE SA PARTENAIRE, QUI PEUT AINSI SE CONCENTRER SUR LES MOUVEMENTS DE SON BASSIN.

12 - LE TISSAGE

AVEC SES MAINS, LA FEMME PREND APPUI SUR LES MAINS DE L'HOMME. ELLE PEUT AINSI ACCENTUER LES MOUVEMENTS DE SON BASSIN.

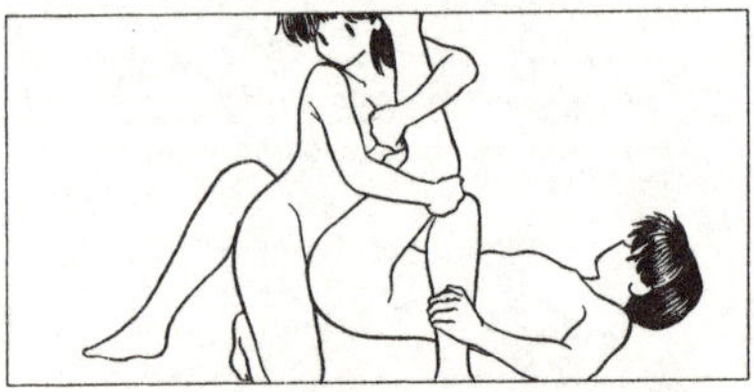

13 - LE BATEAU PORTE-BONHEUR

CETTE POSITION NE PERMET PAS UNE PÉNÉTRATION PROFONDE, MAIS LA FEMME PEUT FROTTER SON CLITORIS CONTRE LA JAMBE DE L'HOMME.

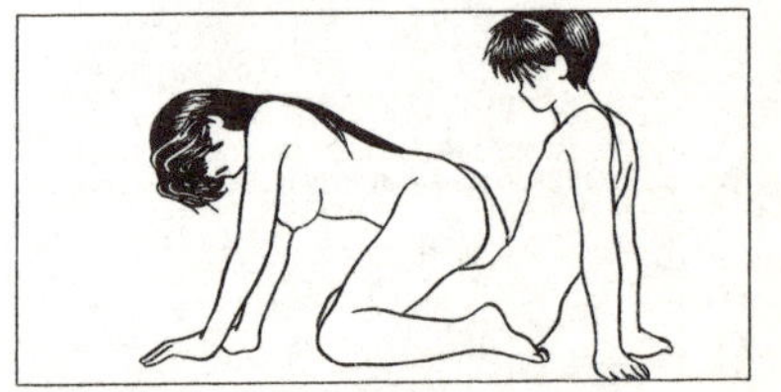

14 - LA CHAISE

L'HOMME EST ASSIS, LA FEMME LE CHEVAUCHE EN LUI TOURNANT LE DOS.

15 - LE BOUTON AGITÉ

CETTE POSITION, ASSEZ IMPUDIQUE, PEUT GÊNER CERTAINES FEMMES TIMIDES.

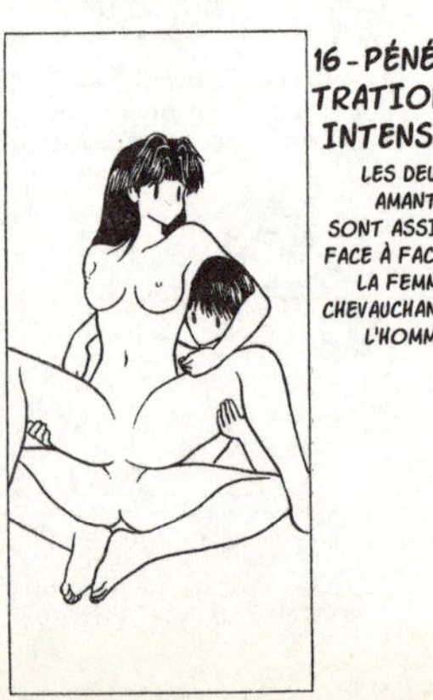

16 - PÉNÉTRATION INTENSE

LES DEUX AMANTS SONT ASSIS FACE À FACE, LA FEMME CHEVAUCHANT L'HOMME.

17 - LA TOUR

L'HOMME DOIT ÊTRE SUFFISAMMENT ROBUSTE POUR SUPPORTER LE POIDS DE SA PARTENAIRE.

18- LA MARMITE PRESTIGIEUSE

LA PÉNÉTRATION ÉTANT PEU PROFONDE, L'HOMME DOIT PRATIQUER DES MOUVEMENTS CIRCULAIRES EN MAINTENANT SON PUBIS PLAQUÉ CONTRE CELUI DE SA PARTENAIRE.

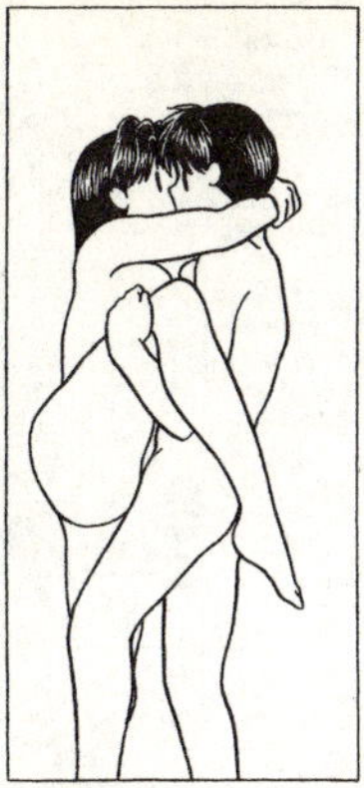

19- LA TOUR POSTÉRIEURE

EN OCCIDENT, CETTE POSITION, CONSIDÉRÉE COMME BESTIALE, N'EST PAS TRÈS APPRÉCIÉE.

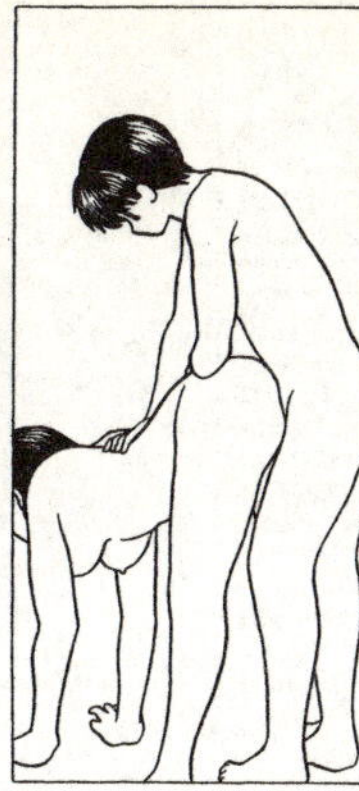

20- L'ÉTREINTE DU BONZE

LES AMANTS SONT DEBOUT, EN APPUI SUR UNE SEULE JAMBE, ET DOIVENT S'APPUYER CONTRE UN MUR POUR PLUS DE STABILITÉ.

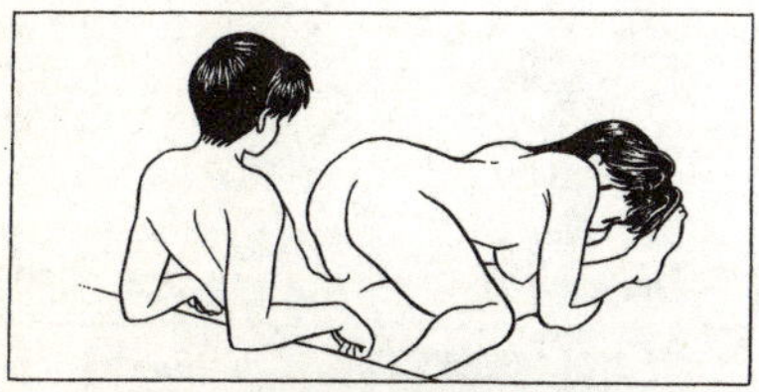

21- LE BROCARD

LA FEMME SE MET À CHEVAL SUR LES JAMBES DE L'HOMME QUI PEUT AINSI CONTEMPLER TOUT À LOISIR LES ONDULATIONS DE SON BASSIN.

22- LE PLUVIER

DANS CETTE POSITION, L'HOMME EST LIMITÉ DANS SES GESTES, MAIS LA SCÈNE QUE LUI OFFRE LA FEMME PEUT L'EXCITER ÉNORMÉMENT.

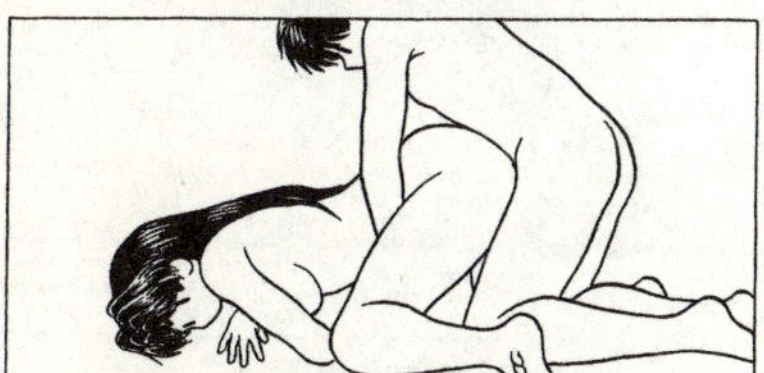

23- LE CHEVALET

LA FEMME DOIT ÉCARTER LE PLUS POSSIBLE SES JAMBES ET RELEVER LE BASSIN. CETTE POSITION PERMET UNE PÉNÉTRATION PROFONDE.

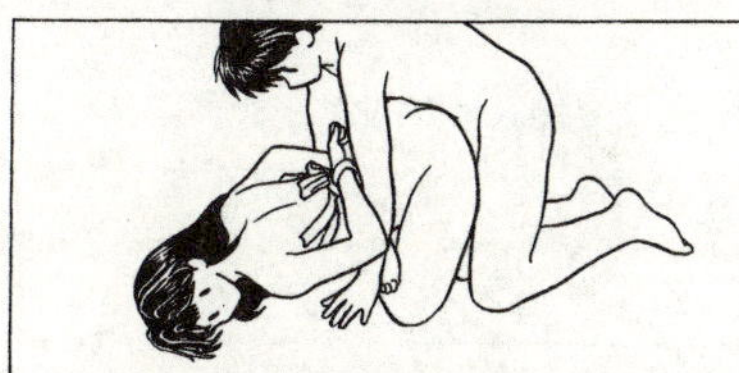

24- LE ZAZEN

LA FEMME S'ASSOIT EN TAILLEUR, COMME POUR LA MÉDITATION DU ZAZEN. L'HOMME LA FAIT BASCULER EN AVANT, LUI MAINTENANT LE DOS CAMBRÉ ET LES FESSES BOMBÉES.

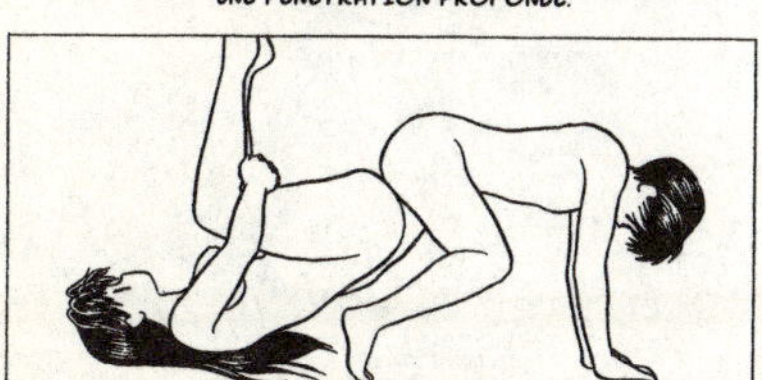

25- LE FOULOIR

POSITION ASSEZ PHYSIQUE QUI NE PROCURE QUE PEU DE PLAISIR... MAIS C'EST AMUSANT À FAIRE.

26-LE CAMÉLIA

DANS CETTE POSITION, L'HOMME PEUT AISÉMENT CARESSER LE CLITORIS DE SA PARTENAIRE.

27- LA BROUETTE

C'EST UNE POSITION TRÈS PHYSIQUE. LE PÉNIS DE L'HOMME À L'INTÉRIEUR DU VAGIN DE LA FEMME, LE COUPLE PEUT SE DÉPLACER.

28- LE LOTUS RENVERSÉ

DANS CETTE POSITION, LE PLAISIR EST MOINDRE POUR L'HOMME, MAIS IL PEUT EXCITER LA FEMME EN LUI CARESSANT LES SEINS ET LE CLITORIS.

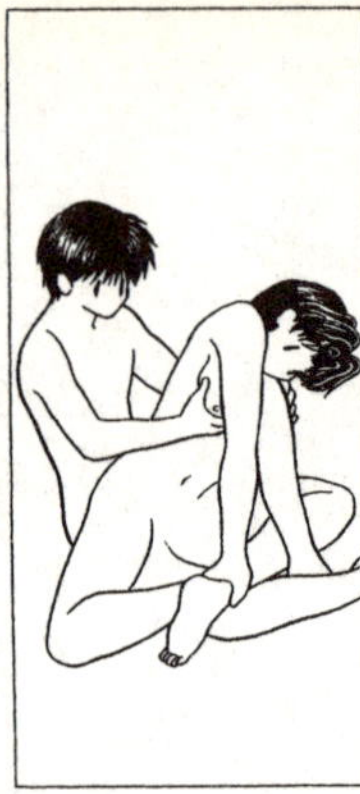

29 - LE SCEAU DU PUITS

L'HOMME MAINTIENT LES JAMBES DE LA FEMME JOINTES, ET PROCÈDE À DES MOUVEMENTS DE PISTON.

30- L'ENTRÉE DU BATEAU PAR DERRIÈRE

C'EST UNE VARIANTE DE LA LEVRETTE. LA PÉNÉTRATION EST PROFONDE, ET L'HOMME PEUT STIMULER LE CLITORIS DE LA FEMME.

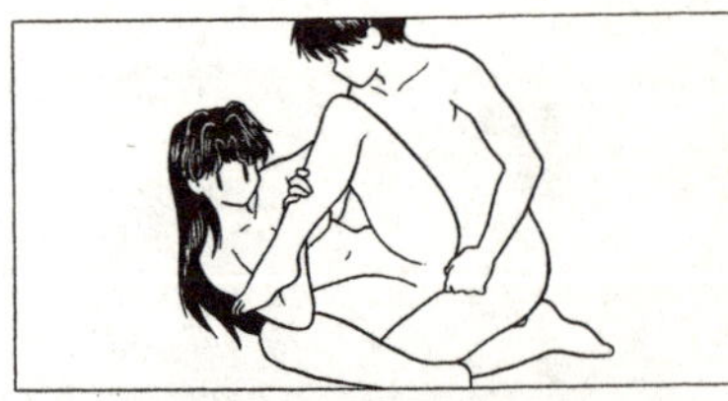

31- LA SVASTIKA OU CROIX MANJI

DANS CETTE POSITION, MÊME SI LE VAGIN EST TRÈS OUVERT, LA PÉNÉTRATION EST PEU PROFONDE.

32 - LE PONT

LA PÉNÉTRATION EST PEU PROFONDE, MAIS LA FEMME PEUT PROCÉDER À DES MOUVEMENTS CIRCULAIRES.

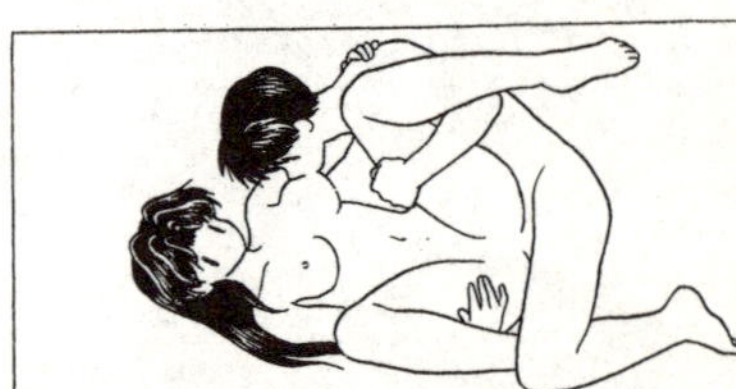

33- LE NID DOUILLET

L'HOMME PREND APPUI SUR LE CORPS DE LA FEMME. IL PEUT PÉNÉTRER TRÈS PROFONDÉMENT LE VAGIN DE LA FEMME, ET PROCÉDER À DES MOUVEMENTS CIRCULAIRES.

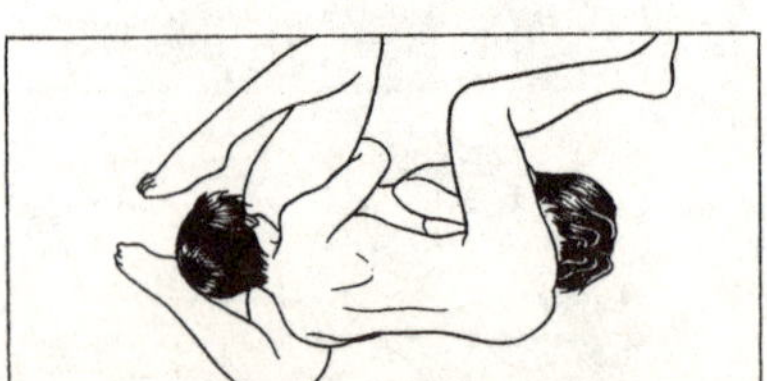

34 - L'ÉTOURNEAU

C'EST UNE VARIANTE DE LA POSITION DU 69, MAIS DE CÔTÉ. IL EST CONSEILLÉ DE SE METTRE SUR UN CANAPÉ POUR PLUS DE CONFORT.

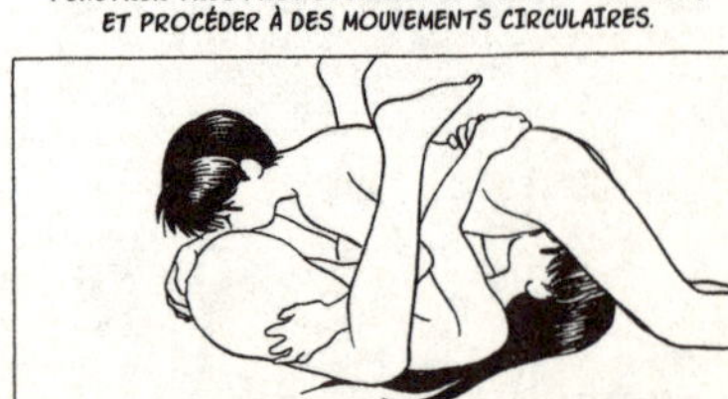

35 - LA LUTTE À DEUX

ENCORE UNE VARIANTE DE LA POSITION 69. LA FEMME SE MET SOUS L'HOMME ET RELÈVE SON BASSIN EN PRENANT APPUI SUR SES GENOUX.

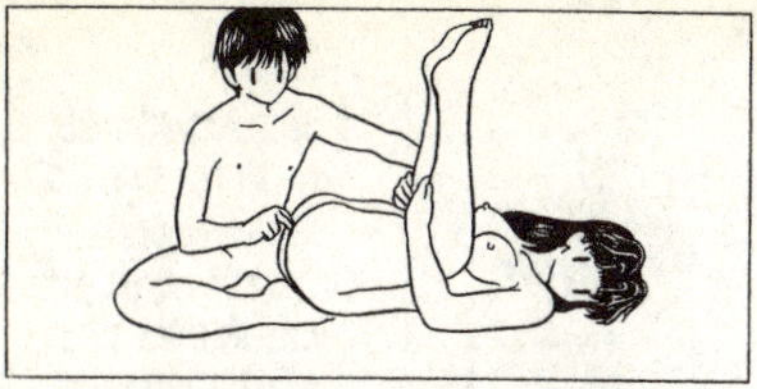

36- LE BROCARD ÉTINCELANT

LA FEMME, ALLONGÉE SUR LE DOS, TIENT SES JAMBES BIEN ÉCARTÉES POUR QUE L'HOMME PUISSE SE LIVRER À DE TENDRES CARESSES.

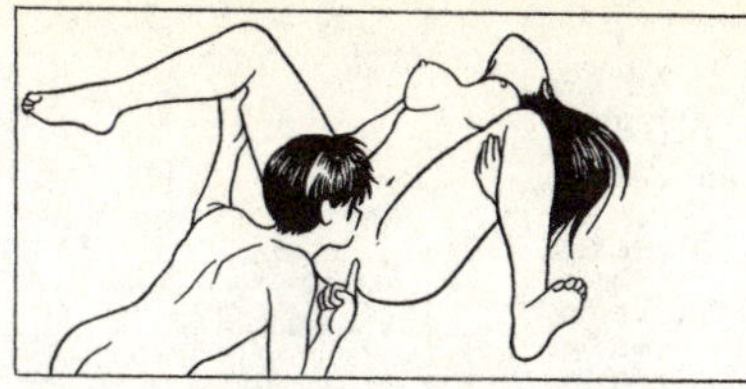

37 - LA CUEILLETTE DES FLEURS

L'HOMME STIMULE LE CLITORIS DE LA FEMME EN LUI PRODIGUANT CARESSES ET CUNNILINGUS.

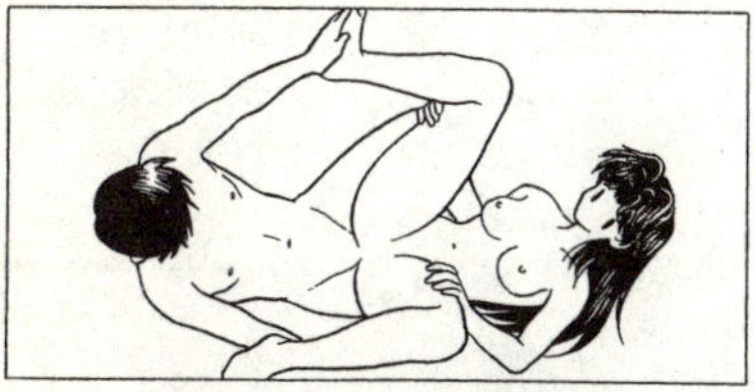

38- LE PIN RENVERSÉ

L'HOMME PÉNÈTRE LA FEMME PAR DERRIÈRE, MAIS LE COUPLE EST COUCHÉ SUR LE DOS, FESSES CONTRE FESSES.

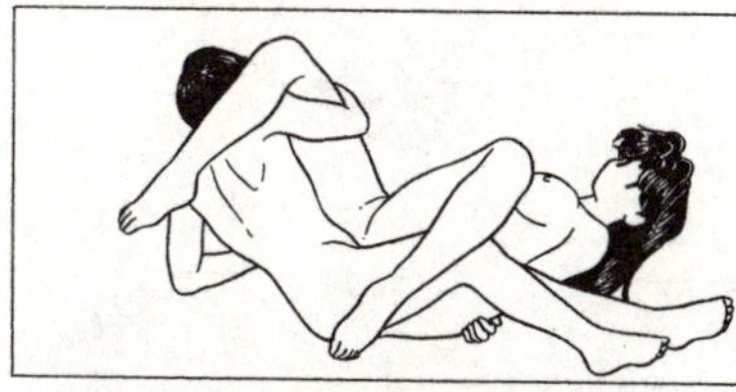

39- LE CHRYSANTHÈME

ENCORE UNE POSITION ASSEZ PHYSIQUE QUI NE PERMET QUE DES MOUVEMENTS DE BASSIN.

40- LE BEC CROISÉ

LA FEMME EST COUCHÉE SUR LE CÔTÉ, L'HOMME LA PÉNÈTRE PAR DERRIÈRE. DANS CETTE POSITION, LE VAGIN EST TRÈS RESSERRÉ.

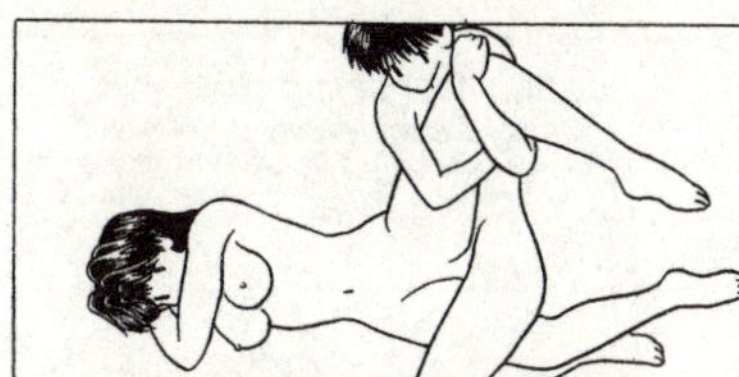

41- L'HIRONDELLE RENVERSÉE

ICI, LA PÉNÉTRATION EST TRÈS PROFONDE ET PROCURE À L'HOMME UN MAXIMUM DE PLAISIR.

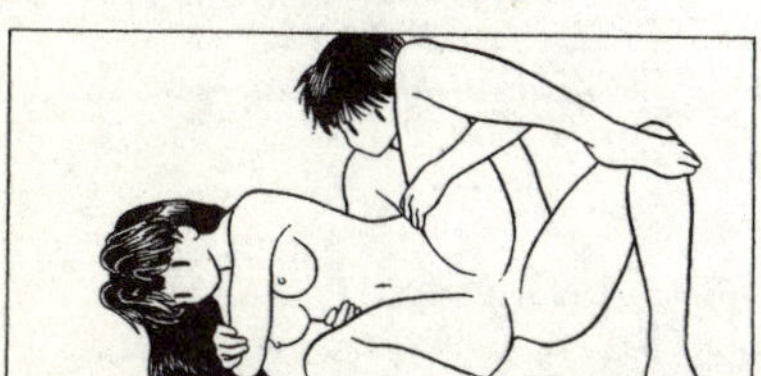

42- LE PONT FLOTTANT

LA PÉNÉTRATION SE FAIT PAR DERRIÈRE, L'HOMME ENLACE LA CUISSE DE LA FEMME AFIN DE MIEUX CONTRÔLER SES MOUVEMENTS DE PISTON. LA FEMME NE PEUT PAS BOUGER.

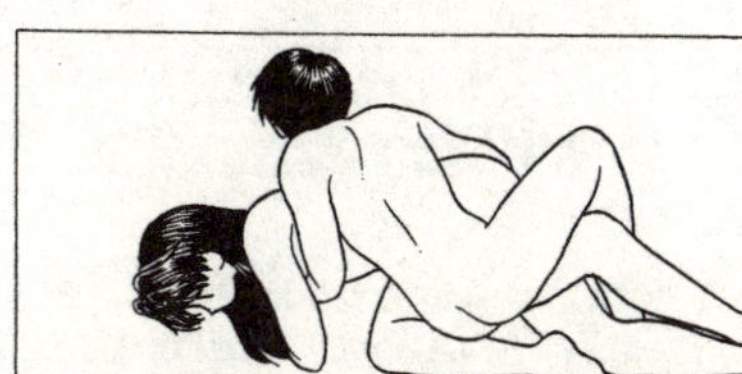

43- LE PIED DU MONT

CETTE POSITION, MÊME SI ELLE N'EST PAS DES PLUS FACILES, PROCURE PLUS DE PLAISIR QUE LA LEVRETTE TRADITIONNELLE.

44- LE MOINEAU RETOURNÉ

C'EST UNE VARIATION DU 69, MAIS CETTE POSITION N'EST PAS SANS RISQUE...

45- L'ARC-EN-CIEL

DANS CETTE POSITION, C'EST L'HOMME QUI FAIT ALLER ET VENIR SA PARTENAIRE, ASSISE SUR LUI EN AMAZONE.

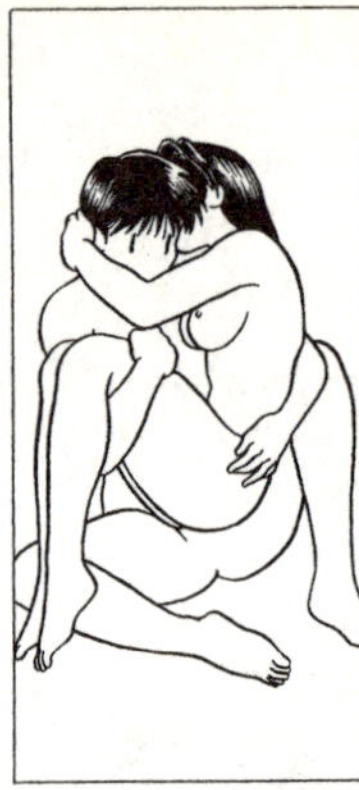

LES NOMS DES 48 POSITIONS DU PRÉSENT CHAPITRE SONT LES NOMS LES PLUS COURAMMENT UTILISÉS, MAIS ILS PEUVENT VARIER D'UNE ÉDITION À L'AUTRE, OU D'UNE ÉPOQUE À L'AUTRE.

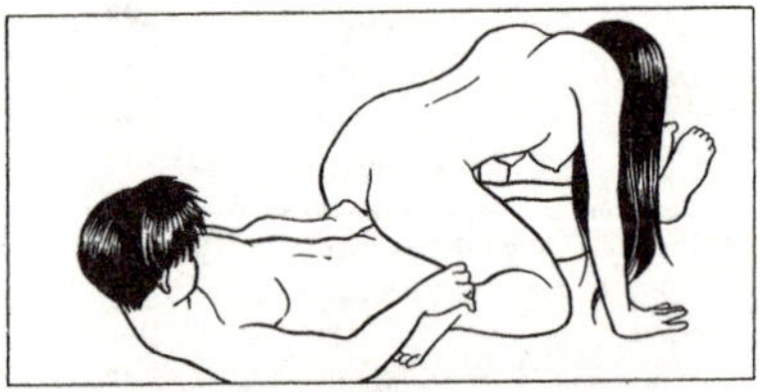

46 - LA PLEINE LUNE

SELON L'INCLINAISON DU CORPS DE LA FEMME, LA PÉNÉTRATION SERA PLUS OU MOINS PROFONDE.

47 - LA FLÛTE TRAVERSIÈRE

C'EST UNE VARIANTE DE LA POSITION DU MISSIONNAIRE. MAIS LES MOUVEMENTS DE VA-ET-VIENT DE L'HOMME SONT PLUS DOUX.

48 - LA CALÈCHE

L'HOMME EST COUCHÉ SUR LE CÔTÉ, ET LA FEMME SE PLACE PERPENDICULAIREMENT À LUI.

ON RETROUVE CHACUNE DE CES 48 POSITIONS SUR DES ESTAMPES DATANT DE L'ÉPOQUE EDO (1603-1868) PEINTES PAR HISHIKAWA MORONOBU.

LES PREMIERS MANUELS SUR LA SEXUALITÉ DATERAIENT DE L'ÉPOQUE HEIAN (794-1192). CEPENDANT, ON PENSE QU'ILS AURAIENT ÉTÉ INSPIRÉS PAR UN MANUEL CHINOIS QUI NE COMPORTAIT À L'ÉPOQUE QUE 30 POSITIONS DIFFÉRENTES.

LE MANUEL DES 48 POSITIONS FAIT DONC PARTIE DE L'HISTOIRE DE LA SEXUALITÉ ET, GRÂCE À LUI, NOUS POUVONS NOUS FAIRE UNE IDÉE DE LA MANIÈRE DONT LES GENS FAISAIENT L'AMOUR À CETTE ÉPOQUE.

STEP UP
Love Story
KATSU AKI
CHAPITRE 55
JUN POSE DES QUESTIONS ♡
JUN, 17 ANS, LA PETITE SŒUR DE MAKOTO... ELLE EST EN DEUXIÈME ANNÉE DE LYCÉE.
SON PETIT AMI S'APPELLE INOUE...
SLURP

* NDT : ÉTROITESSE DU PRÉPUCE QUI EMPÊCHE LE DÉCALOTTAGE DU GLAND. À NE PAS CONFONDRE AVEC LE PHIMOSIS TUBAIRE, QUI NE CONCERNE QUE LES FEMMES ET QUI CORRESPOND À UN RÉTRÉCISSEMENT, POUVANT ABOUTIR À UNE OBTURATION PARTIELLE OU TOTALE, D'UNE OU DES DEUX TROMPES UTÉRINES.

LES RAISONS QUI POUSSENT LES FILLES À PERDRE LEUR VIRGINITÉ

- PAR AMOUR POUR LEUR PETIT AMI........36,2 %
- PAR CURIOSITÉ........27,7 %
- SOUS LA CONTRAINTE...19,3 %
- SANS RAISON........16,8 %

JUN...
TU AS UN PETIT AMI, N'EST-CE PAS ?!
TODOM TODOM
MAMAN... ENFIN !
VOUS ÊTES SÛREMENT DÉJÀ PASSÉS À L'ACTE !
QUEL ACTE... ?
JE DEVAIS AVOIR À PEU PRÈS TON ÂGE...
ÇA A ÉTÉ VRAIMENT... TORRIDE !
HUMPF !
ON N'A PAS ARRÊTÉ JUSQU'À L'AUBE ! LE PARADIS !
JE PRÉCISE QUE CE N'ÉTAIT PAS AVEC TON PÈRE...
EUH... CHÉRIE ?!
DE... DE QUOI PARLEZ-VOUS ?
DE JUN ! CE N'EST PLUS UNE PETITE FILLE, TU SAIS !
EH OUI, MON CHÉRI !
ELLE PREND LE PARTI DE SA FILLE.
HO HO HO !
EUH...
JU... JUN ! J'ESPÈRE QUE TU N'AS RIEN COMMIS D'IRRÉPARABLE !
FICHEZ-MOI LA PAIX, TOUS LES DEUX !
PAS AUSSI ENTHOUSIASTE QUE SA FEMME, LE PAPA !

PFFIOU UUU... ♡
......
JE ME DEMANDE SI ÇA FAIT MAL...
JUN EST TRÈS INQUIÈTE.
IL Y A QUELQUE TEMPS, YURA M'A DIT...
JE NE DEVRAIS PEUT-ÊTRE PAS TE DIRE ÇA, MAIS...
OUI... ÇA M'A FAIT TRÈS MAL, ET...
IL ME SEMBLE MÊME AVOIR ENTENDU UN CRAC !
TODOM
TODOM
YURA A PERDU SA VIRGINITÉ DANS LE VOLUME 1.
ON DIT QUE LES FILLES QUI ONT L'HABITUDE DE SE MASTURBER NE RESSENTENT PRESQUE RIEN...
JUN SE MASTURBE UNE FOIS PAR SEMAINE.
......
JE ME DEMANDE SI C'EST AGRÉABLE DE FAIRE L'AMOUR.
BON... PAS DE MASTURBATION CE SOIR.

* NDT : HÔTEL OÙ LES COUPLES, MÊME LÉGITIMES, SE RETROUVENT POUR ÊTRE PLUS À L'AISE QU'À LA MAISON.

OH ! TU TE DÉSHABILLES ! ♡
BEN... POUR FAIRE L'AMOUR, IL FAUT BIEN ÊTRE NU, NON ?!
ET IL FAUT SE DÉPÊCHER, SINON ON VA PAYER UN SUPPLÉ-MENT...
EUH... TU AS RAISON !
......
HUM... DIS-MOI...
JE... JE PEUX TE REGARDER TE DÉSHA-BILLER ?
......
TODOM TODOM
OUI, MAIS TU ME PROMETS DE NE PAS FAIRE DE RÉFLEXION !
TODOM TODOM
PTUM
YAHOU ! ♡
TODOM TODOM
SWIIP

ALLEZ ! À MON TOUR...
FOF
ÇA ALORS ! ELLE N'A PLUS LA MÊME FORME QU'AVANT !
EUH... NE ME REGARDE PAS COMME ÇA !
ÇA T'A FAIT MAL ?
ET... J'ÉTAIS SOUS ANESTHÉSIE ...
ILS M'ONT OPÉRÉ AU LASER...
MAIS LE LENDEMAIN, AVEC L'ÉRECTION MATINALE... LÀ, J'AI SOUFFERT !
OUU-AÏE !
PTOING
JE NE DEVAIS PAS ME MASTURBER PENDANT UNE SEMAINE !
SEULEMENT, J'AI CRAQUÉ AU BOUT DE TROIS JOURS ET JE ME SUIS RETROUVÉ EN SANG...
OUU-AÏE !

OH NON...
TODOM TODOM
ELLE RESTE IMPER-TURBABLE.
SURTOUT QUAND ON M'A RASÉ...
RAZ
RAZ
ÇA A VRAIMENT ÉTÉ LA HONTE DE MA VIE...
MAIS UN PHIMOSIS ENTRAÎNE UNE ACCUMU-LATION D'IMPURETÉS ENTRE LE GLAND ET LE PRÉPUCE, CE QUI PRO-VOQUE SOUVENT UNE INFECTION...
JE CROIS PAS...
DITES... C'EST VRAI QUE... SI JE FAIS L'AMOUR AVEC UN PHIMOSIS... MA PETITE AMIE POURRAIT AVOIR UN CANCER DE L'UTÉRUS ?!
QUEL CALME !
JE NE SAIS PAS CE QUI M'A PRIS ! UN RÉFLEXE, SÛREMENT !
ARGH !
OH !
SBOING
....
OH ! ELLE GROSSIT...
SPOING
!
Hmmm
PAS MAL...

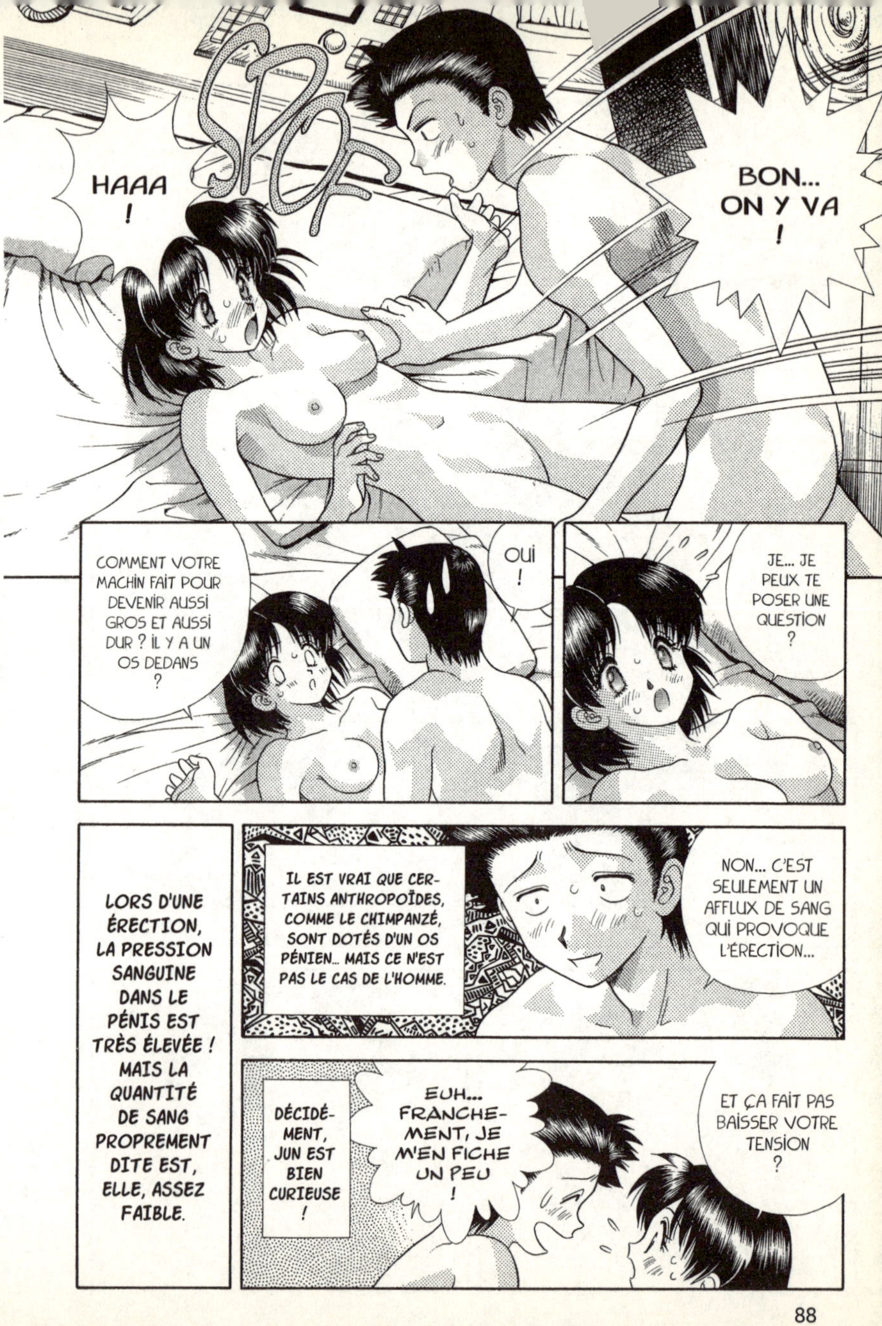
BON... ON Y VA !
SPOF
HAAA !
JE... JE PEUX TE POSER UNE QUESTION ?
OUI !
COMMENT VOTRE MACHIN FAIT POUR DEVENIR AUSSI GROS ET AUSSI DUR ? IL Y A UN OS DEDANS ?
NON... C'EST SEULEMENT UN AFFLUX DE SANG QUI PROVOQUE L'ÉRECTION...
IL EST VRAI QUE CERTAINS ANTHROPOÏDES, COMME LE CHIMPANZÉ, SONT DOTÉS D'UN OS PÉNIEN... MAIS CE N'EST PAS LE CAS DE L'HOMME.
ET ÇA FAIT PAS BAISSER VOTRE TENSION ?
EUH... FRANCHEMENT, JE M'EN FICHE UN PEU !
DÉCIDÉMENT, JUN EST BIEN CURIEUSE !
LORS D'UNE ÉRECTION, LA PRESSION SANGUINE DANS LE PÉNIS EST TRÈS ÉLEVÉE ! MAIS LA QUANTITÉ DE SANG PROPREMENT DITE EST, ELLE, ASSEZ FAIBLE.

OUI... MAIS...
ÇA SUFFIT, TAIS-TOI !
INOUE ?!
ÉCOUTE, JUN... DÉTENDS-TOI UN PEU...
JE T'ASSURE... TOUT VA BIEN SE PASSER...
HUM
D'AC-CORD ...
PLITCH
FLUITCH
HAA !
HMM

FLOTCH
FLOTCH
SPLITCH
FLWIIF
Hmmm
HA... HAAA !
HAN
HMM...
OH... INOUE, C'EST BON !
ILS ONT DÉJÀ EXPÉRIMENTÉ LES PRÉLIMINAIRES, INOUE SAIT DONC COMMENT S'Y PRENDRE.
TCHOF
FLITCH
TCHOF

HMM...
FLITCH
MAINTENANT... METTRE LE PRÉSERVATIF !
JE ME SUIS ENTRAÎNÉ À LA MAISON !
TU PARLES, IL S'EST MÊME MASTURBÉ AVEC !
TODOM TODOM
HUMM
HEIN ?!
EUH... JE PEUX REGARDER COMMENT ÇA SE MET ?!
TODOM TODOM
....
DÉCIDÉMENT... JUN EST VRAIMENT TRÈS, TRÈS INTÉRESSÉE !
COMMENT METTRE UN PRÉSERVATIF.
1- TORTILLER L'EXTRÉMITÉ DU PRÉSERVATIF POUR ÉVACUER L'AIR.
2- PLACER LE PRÉSERVATIF SUR LE SEXE EN ÉRECTION.
3- DÉROULER ENTIÈREMENT LE PRÉSERVATIF LE LONG DU PÉNIS.

TODOM
TU ES PRÊTE ?
FLO
TODOM
TODOM
TODOM
EUH... OUI !
TODOM
TODOM
SPLITCH
POUR MOI AUSSI... C'EST LA PREMIÈRE FOIS !
NGMN
AÏE !
SPLIF

GNN... J'ARRIVE PAS À ENTRER
HOUU... ÇA FAIT MAL !
HEIN ?!
QUOI ?!
OH NON !
SPLWIT
? ?
DÉSOLÉ... C'EST PARTI TOUT SEUL...
ET ALLEZ, UN AUTRE ÉJACULATEUR PRÉCOCE.
HUM... JE VAIS METTRE UN AUTRE PRÉSERVATIF...
HEIN ?!
ON NE PEUT PAS UTILISER LE MÊME PLUSIEURS FOIS ?!
SPOF

CHAPITRE 55 - JUN POSE DES QUESTIONS - FIN

STEP UP Love Story

KATSU AKI

CHAPITRE 56

PREMIÈRE FOIS ♡

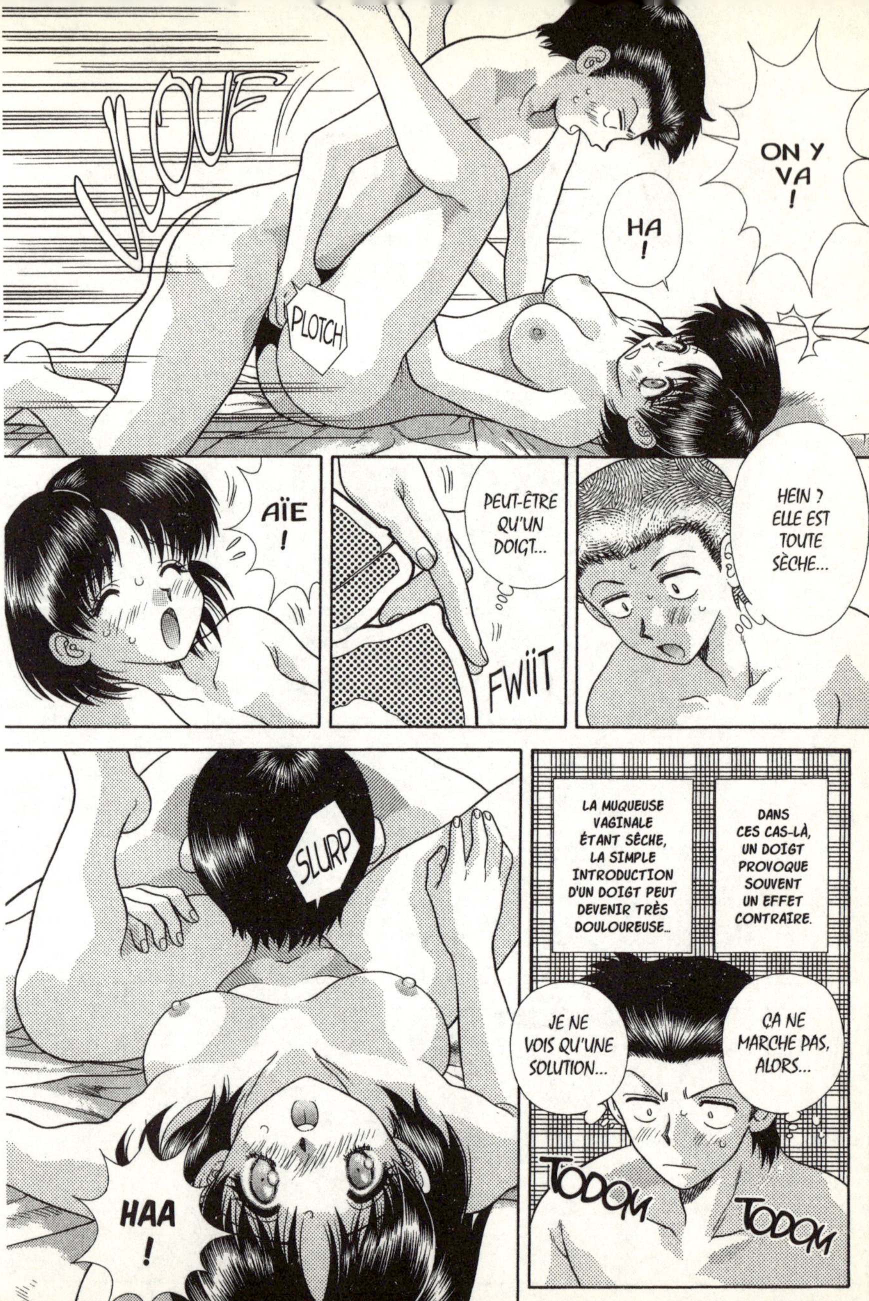
ON Y VA !
HA !
VLOUF
PLOTCH
HEIN ? ELLE EST TOUTE SÈCHE...
PEUT-ÊTRE QU'UN DOIGT...
FWIIT
AÏE !
LA MUQUEUSE VAGINALE ÉTANT SÈCHE, LA SIMPLE INTRODUCTION D'UN DOIGT PEUT DEVENIR TRÈS DOULOUREUSE...
DANS CES CAS-LÀ, UN DOIGT PROVOQUE SOUVENT UN EFFET CONTRAIRE.
ÇA NE MARCHE PAS, ALORS...
JE NE VOIS QU'UNE SOLUTION...
TODOM
TODOM
SLURP
HAA !

SON PREMIER CUNNILINGUS !
SLUP
NON... ARRÊTE ! C'EST PAS PROPRE...
HOOO
OH... HAAA !
HAN
SLURP
HAN
SLURP
OOH... C'EST BOOON...
C'EST BIEN MIEUX QUE LES DOIGTS ! ♡
HMM...
J'EN PEUX PLUS ! J'Y VAIS !
NON... ATTENDS !

EUH... NE SOIS PAS SI PRESSÉ...
PARCE QUE... JE...
J'AI ENVIE QUE TU LE FASSES AVEC TENDRESSE... AVEC AMOUR ! ♡
OH... JUN !
TU COMPRENDS... UNE PREMIÈRE FOIS, C'EST QUELQUE CHOSE D'UNIQUE !
C'EST UN MOMENT IMPORTANT DANS LA VIE D'UNE FEMME !

CE SERAIT DOMMAGE DE GÂCHER CE MOMENT.
OUI... TU AS RAISON !
......
EXCUSE-MOI, JUN...
FLOUF
HI HI !
HMM !
SMACK
HI HI ! TU ME CHATOUILLES ! ♡
OH ! ♡
SLUUP

HMM...
HAA ! HAA !
LAP
PLIC
TODOM
TODOM
VIENS... JE SUIS PRÊTE !
TODOM
VOICI L'HYMEN DE JUN...
PLITCH
FWOF
D'AC-CORD...

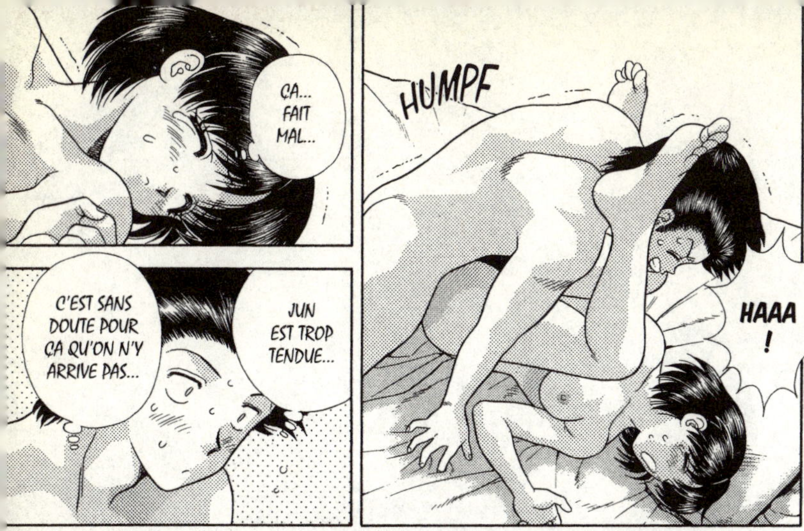

BEAUCOUP DE FEMMES REDOUTENT LA PÉNÉTRATION, ET LES PREMIÈRES FOIS SONT SOUVENT DIFFICILES À CAUSE DE CETTE PHOBIE... AFIN DE FACILITER LA PÉNÉTRATION, IL FAUT EMBRASSER ET CARESSER SA PARTENAIRE AU NIVEAU DU VISAGE. AINSI, LES MUSCLES DU VAGIN SE DÉTENDENT.

(SOURCE : SEXOLOGIE DE L'ESPRIT, BUNKO SHÔIN)

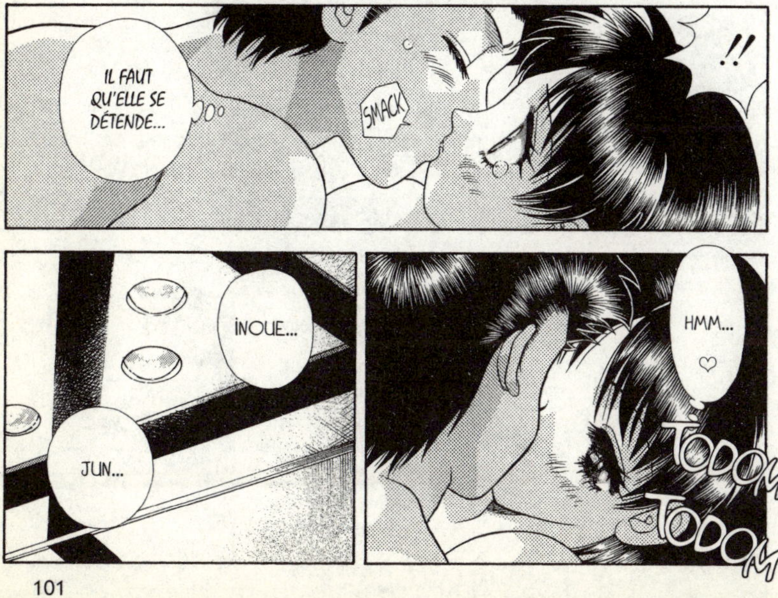

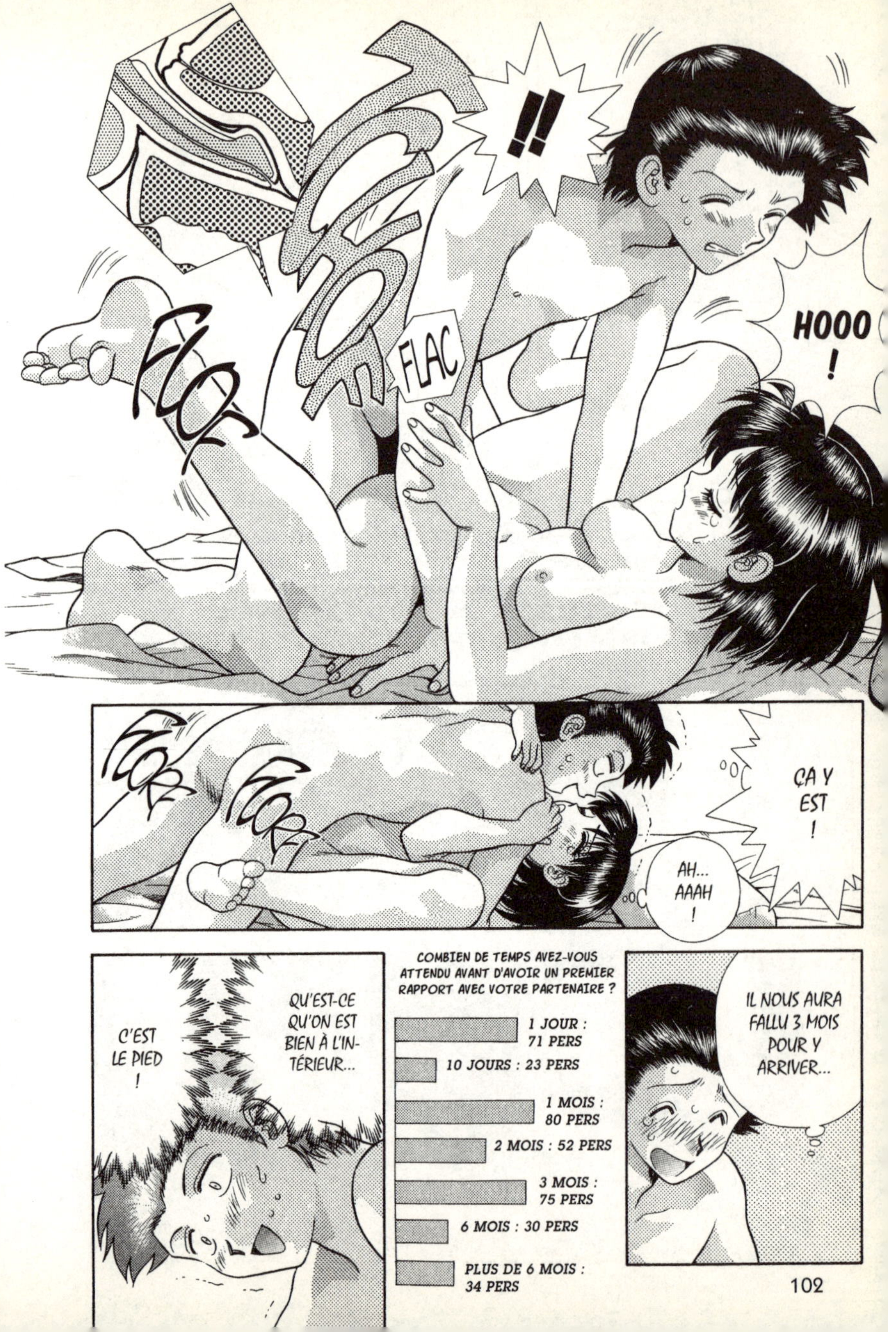
HOOO !
!!
FLAC
FLOC
ÇA Y EST !
AH... AAAH !
IL NOUS AURA FALLU 3 MOIS POUR Y ARRIVER...
COMBIEN DE TEMPS AVEZ-VOUS ATTENDU AVANT D'AVOIR UN PREMIER RAPPORT AVEC VOTRE PARTENAIRE ?
1 JOUR : 71 PERS
10 JOURS : 23 PERS
1 MOIS : 80 PERS
2 MOIS : 52 PERS
3 MOIS : 75 PERS
6 MOIS : 30 PERS
PLUS DE 6 MOIS : 34 PERS
QU'EST-CE QU'ON EST BIEN À L'INTÉRIEUR...
C'EST LE PIED !

TCHOF TCHOF
AÏE... J'AI MAL...
PLUTCH
PLOTCH
HOUU ...
NE T'ARRÊTE PAS, CONTINUE...
TODOM
TODOM
MAIS TU AS MAL !
JE SAIS... MAIS...
AVEZ-VOUS EU MAL LA PREMIÈRE FOIS ?
JE N'AI RIEN SENTI : 11,2 %
JE N'AI PAS EU MAL : 9,9 %
J'AI EU MAL : 78,9 %
OOH... JUN... JE T'AIME !
HAAA
TCHOC
TCHOC
JE T'AIME !
HAA !

IL TRANSPIRE BEAUCOUP... SÛREMENT PARCE QUE...
IL FAIT DES EFFORTS...
IL EST TELLEMENT EXCITÉ...
OH ! ÇA VIENT !
HAN HAN
MOI AUSSI ! HAAA ! INOUE, JE T'AIME !
TCHOF
FLOTCH

LE PIED !!
OUI ! JE JOUIIIIIS !
FLOF FLOF
HAN HAN
HAA...
FLORF FLORF
HAA HAA
FLOF FLOF

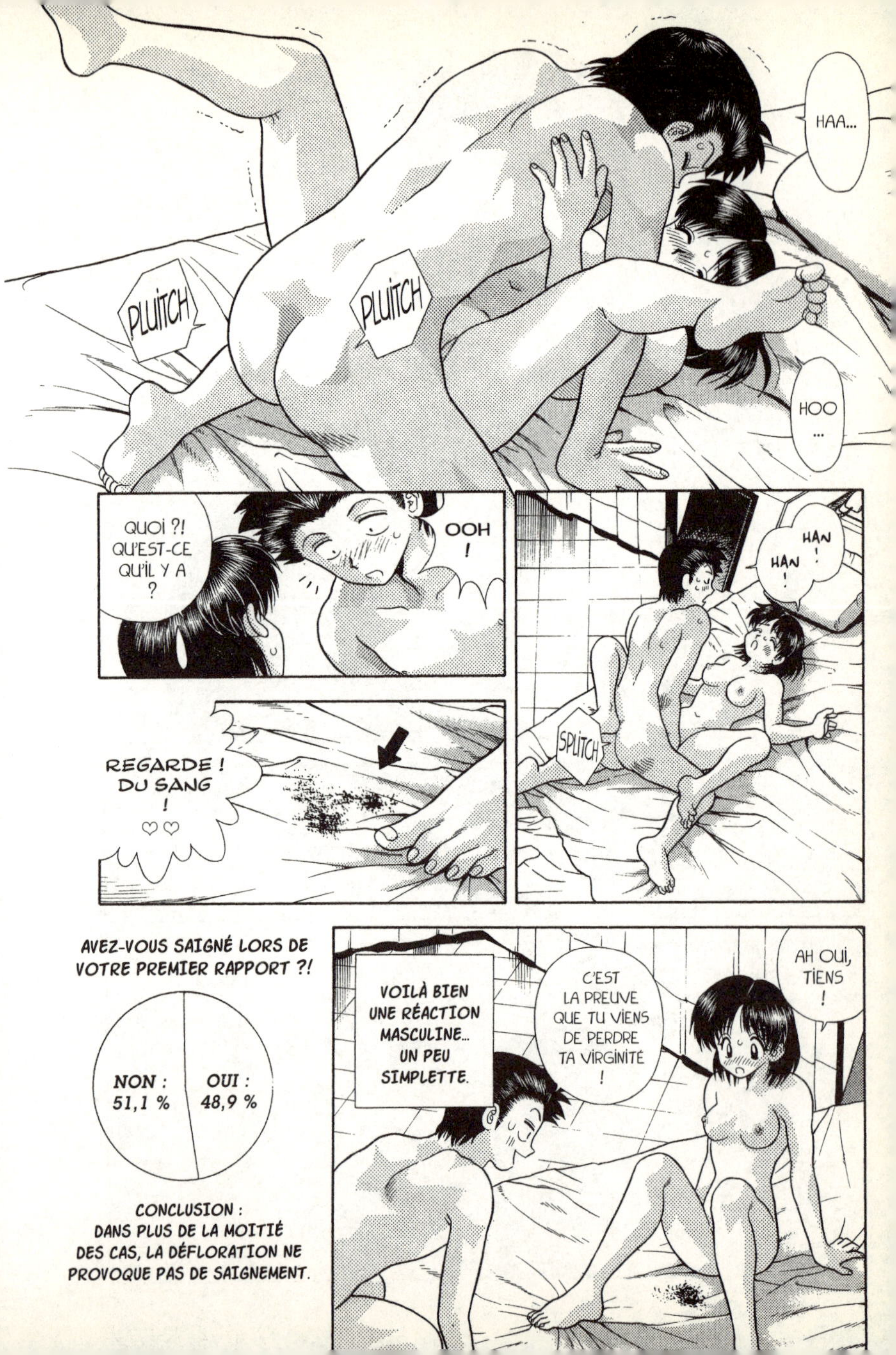
HAA...
HOO ...
PLUITCH
PLUITCH
HAN ! HAN !
SPLITCH
OOH !
QUOI ?! QU'EST-CE QU'IL Y A ?
REGARDE ! DU SANG ! ♡♡
AH OUI, TIENS !
C'EST LA PREUVE QUE TU VIENS DE PERDRE TA VIRGINITÉ !
VOILÀ BIEN UNE RÉACTION MASCULINE... UN PEU SIMPLETTE.
AVEZ-VOUS SAIGNÉ LORS DE VOTRE PREMIER RAPPORT ?!
NON : 51,1 %
OUI : 48,9 %
CONCLUSION : DANS PLUS DE LA MOITIÉ DES CAS, LA DÉFLORATION NE PROVOQUE PAS DE SAIGNEMENT.

HÔTEL
C'ÉTAIT GÉNIAL ! C'EST LE PLUS BEAU CADEAU D'ANNIVERSAIRE QUE J'AI JAMAIS EU ! ♡
SFOF
SFOF
ÇA NE VA PAS ?!
SI, SI... ÇA VA !
J'AI L'IMPRESSION DE MARCHER LES JAMBES ÉCARTÉES...
C'EST UNE SENSATION ASSEZ FRÉQUENTE APRÈS UN PREMIER RAPPORT SEXUEL... PENDANT QUELQUE TEMPS, ON A L'IMPRESSION D'AVOIR UN BÂTON PLANTÉ ENTRE LES CUISSES...
SFLOF
ÇA Y EST... JE L'AI FAIT... JE NE SUIS PLUS VIERGE...
MA PREMIÈRE FOIS... ♡

ALORS, C'ÉTAIT BIEN ?!
BEN...
ON PARLE TOUT LE TEMPS D'ORGASME, DE JOUISSANCE... DU SEPTIÈME CIEL...
JE N'AI RIEN RESSENTI D'AUSSI FORT...
C'EST NORMAL... CE N'ÉTAIT QUE VOTRE PREMIÈRE FOIS...
ET TOI... TU AS DÉJÀ RESSENTI CE GENRE DE CHOSE ?!
EH BIEN... EN FAIT... PAS ENCORE...
YURA N'A PEUT-ÊTRE PAS ENCORE TRÈS BIEN SAISI LE SENS DE CE TERME. HI HI !

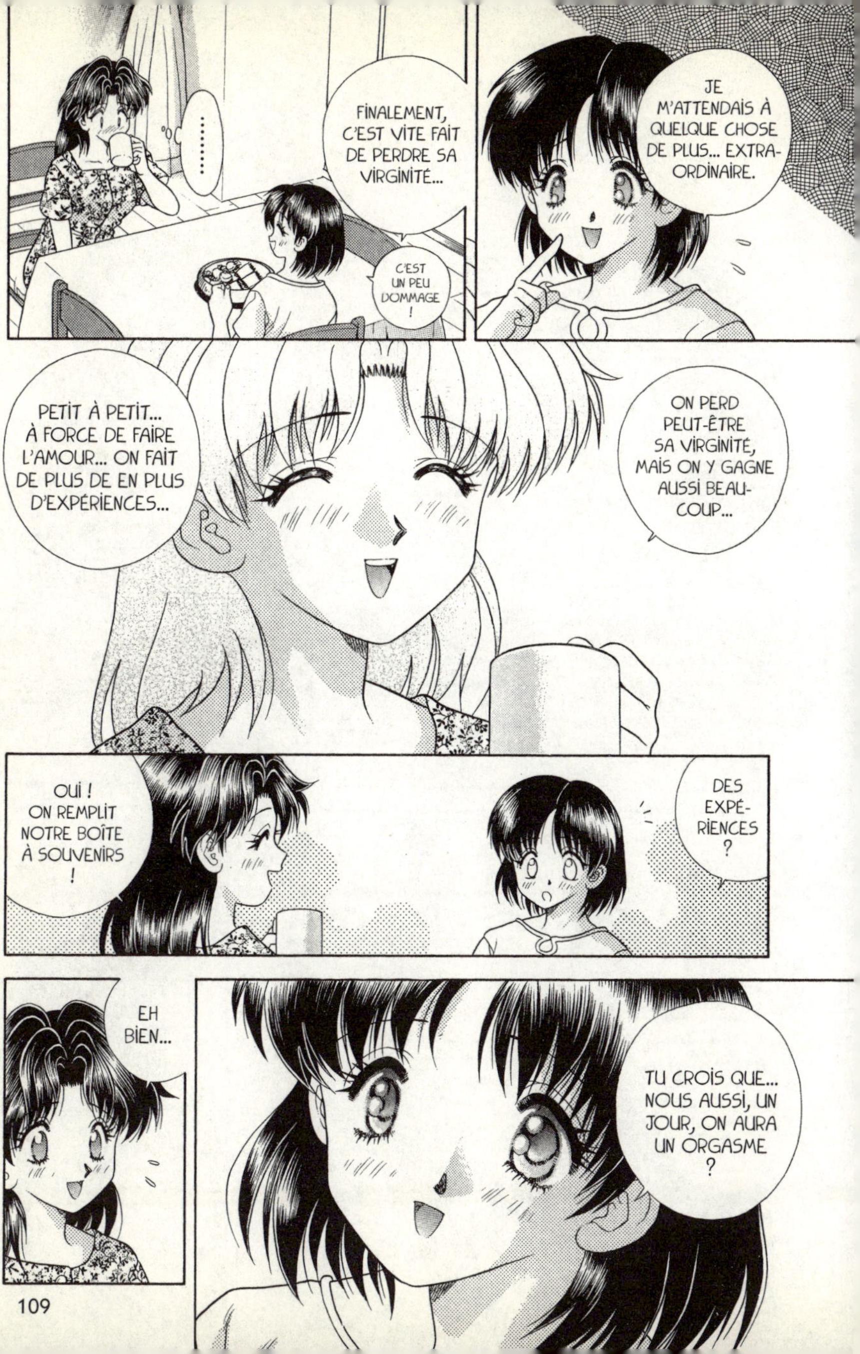

FINALEMENT, C'EST VITE FAIT DE PERDRE SA VIRGINITÉ...
C'EST UN PEU DOMMAGE !
......
JE M'ATTENDAIS À QUELQUE CHOSE DE PLUS... EXTRA-ORDINAIRE.
ON PERD PEUT-ÊTRE SA VIRGINITÉ, MAIS ON Y GAGNE AUSSI BEAU-COUP...
PETIT À PETIT... À FORCE DE FAIRE L'AMOUR... ON FAIT DE PLUS DE EN PLUS D'EXPÉRIENCES...
DES EXPÉ-RIENCES ?
OUI ! ON REMPLIT NOTRE BOÎTE À SOUVENIRS !
TU CROIS QUE... NOUS AUSSI, UN JOUR, ON AURA UN ORGASME ?
EH BIEN...

HAAA... UN ORGASME !
ON DIRAIT BIEN QUE JUN ET YURA N'ONT PAS ENCORE FRANCHI LA GRANDE PORTE DERRIÈRE LAQUELLE SE CACHENT TOUS LES SECRETS DE LA SEXUALITÉ...
C'EST TRÈS IMPORTANT, VOUS SAVEZ...
TCHAC
C'EST MOI !
TIENS ? JUN... TU ES LÀ !
SALUT, GRAND FRÈRE !
BONNE CHANCE !
HEIN ? DE QUOI TU PARLES ?

LES JOURS SUIVANTS, À L'ÉCOLE DE JUN...
EH, JUN ! TU AS UN SUÇON, LÀ !
HI HI...
OH NON !
C'EST UNE PETITE MARQUE DUE À UNE FORTE SUCCION DE LA PEAU... ON NE S'EN REND PAS TOUJOURS COMPTE TOUT DE SUITE...
JUN !
INOUE !
TODOM
FAUT QU'ON REMETTE ÇA, D'ACCORD ?!
HEIN ?!
C'EST PAS VRAI ! IL NE PENSE PLUS QU'À ÇA !
DEPUIS QUELQUE TEMPS, IL A TOUT LE TEMPS ENVIE...
C'EST UN MEC ! TOUT SIMPLEMENT !

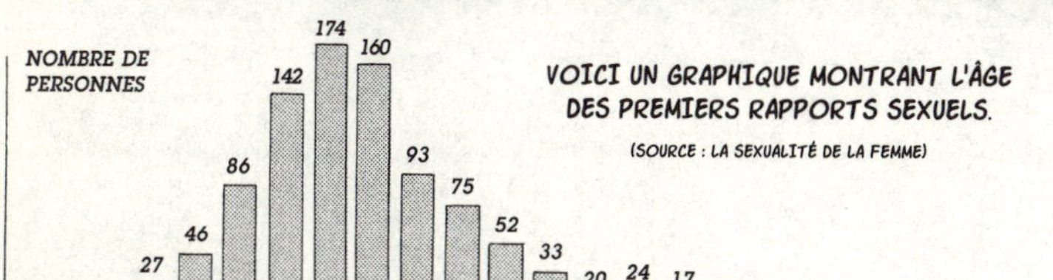
NOMBRE DE PERSONNES
VOICI UN GRAPHIQUE MONTRANT L'ÂGE DES PREMIERS RAPPORTS SEXUELS.
(SOURCE : LA SEXUALITÉ DE LA FEMME)
ÂGE
12: 1
13: 5
14: 7
15: 27
16: 46
17: 86
18: 142
19: 174
20: 160
21: 93
22: 75
23: 52
24: 33
25: 20
26: 24
27: 17
28: 10
29: 9
30: 1
31: 2
32: 1
33: 1

AU FAIT ! NOUS CONNAISSONS QUELQU'UN QUI EST ENCORE VIERGE ! HI HI !
COMME ÇA DOIT ÊTRE BON DE FAIRE L'AMOUR !
KYOKO, 30 ANS, ET... TOUJOURS PUCELLE.

SAINT-VALENTIN ÉTAIT UN MARTYR CHRÉTIEN. CETTE FÊTE A ÉTÉ INSTAURÉE PAR L'ÉGLISE POUR CHRISTIANISER UN VIEUX RITE DE FERTILITÉ PAÏEN...

EN OCCIDENT, ON A PRIS L'HABITUDE D'OFFRIR CE JOUR-LÀ UN CADEAU À LA PERSONNE QUE L'ON AIME.

INUTILE DE VOUS EXPLIQUER CE QU'EST LA SAINT-VALENTIN... VOUS SAVEZ TOUS QUE C'EST LE JOUR DES AMOUREUX. ♡

*NDT : AU JAPON, LA COUTUME VEUT QUE LES FILLES, ET SEULEMENT ELLES, OFFRENT DES CHOCOLATS À L'ÉLU DE LEUR CŒUR.

TU AS DÉJÀ OFFERT DES CHOCOLATS À UN GARÇON ?
OUI... QUAND J'ÉTAIS AU COLLÈGE...
J'AVAIS L'INTENTION DE LUI DÉCLARER MA FLAMME PAR LA MÊME OCCASION...
MAIS IL N'ÉPROUVAIT RIEN POUR MOI...
TU LUI AS DIT QUE TU L'AIMAIS ?!
PFFF...
EH, ATTENDS... C'ÉTAIT IL Y A LONGTEMPS !
J'AURAIS BIEN AIMÉ ÊTRE À SA PLACE... ON AURAIT PAS EU BESOIN D'AVOIR RECOURS À UN MARIAGE ARRANGÉ...
SNIF
......
IL EST UN PEU TROP EXIGEANT, LÀ !
MAKO-TO ?!
SMACK
D'AC-CORD...
TU SAIS... CE SERA NOTRE PREMIÈRE SAINT-VALENTIN, ALORS...
JE VOUDRAIS QUE CETTE SOIRÉE SOIT INOUBLIABLE !

À CE SOIR !
!
SALUT, MAKOTO !
VLAM
TIENS... C'EST POUR TOI...
DU CHOCOLAT...
KYOKO, LA COUSINE DE MAKOTO, 30 ANS, GYNÉCOLOGUE ET CÉLIBATAIRE.
CHOCOLAT
TU N'AS PERSONNE D'AUTRE À QUI LES OFFRIR ?
T'AS DE CES QUESTIONS, J'TE JURE !
JE SUIS GYNÉCOLOGUE, ET MES PATIENTS SONT DES FEMMES...
JE N'AI DONC PAS BEAUCOUP D'OCCASIONS DE RENCONTRER DES HOMMES...
C'EST SÛR...
ÉPARGNE-MOI TES COMMENTAIRES ET ESSAYE PLUTÔT DE M'ARRANGER UN BON PLAN !
L'ANNÉE PROCHAINE, J'AURAI UN AMOUREUX À QUI J'OFFRIRAI MES CHOCOLATS LOVE-LOVE FAITS MAISON !
CE SERA TELLEMENT TORRIDE QUE ÇA EN FERA FONDRE LE CHOCOLAT !
BON... J'Y VAIS !

*NDT : CE JOUR-LÀ, LE 14 MARS, C'EST AUX GARÇONS D'OFFRIR DU CHOCOLAT AUX FILLES.

SERAIT-CE EN VERTU DE SES PROPRIÉTÉS APHRODISIAQUES QUE L'ON OFFRE DU CHOCOLAT À LA SAINT-VALENTIN ?

LE CHOCOLAT CONTIENT, EN TRÈS FAIBLE QUANTITÉ, DEUX SUBSTANCES PROCHES DES AMPHÉTAMINES... LA TYRAMINE ET LA PHÉNYLÉTHYLAMINE (PEA) QUI SERAIENT DES STIMULANTS SEXUELS. DE RÉCENTES EXPÉRIENCES ONT MONTRÉ QUE L'ADMINISTRATION DE PHÉNYLÉTHYLAMINE (PEA) À DES RATS DÉCLENCHAIT CHEZ CES CHARMANTES PETITES BÊTES UN COMPORTEMENT COPULATOIRE.
DE LÀ À DIRE QU'IL EN VA DE MÊME CHEZ L'HOMME ET LA FEMME... !

* NDT : MOT À MOT AÎNÉ, SE DIT À UNE PERSONNE QUI A PLUS D'ANCIENNETÉ DANS UNE ÉCOLE, OU D'EXPÉRIENCE DANS QUELQUE CHOSE. C'EST AUSSI CELUI À QUI L'ON SE CONFIE.

TU NE PEUX PAS ACCEPTER CE CHOCOLAT !
QUAND ON A UNE FEMME JOLIE COMME LA TIENNE, ON NE SE FAIT PAS OFFRIR DE CHOCOLAT PAR UNE AUTRE !
JE NE VOIS PAS OÙ EST LE MAL.
LE CHOCOLAT OFFERT PAR TA FEMME A CENT FOIS PLUS DE VALEUR QUE CELUI OFFERT PAR LA PREMIÈRE GOURDASSE VENUE !
OOH, LÂCHEZ-MOI !
COMMENT ÇA, UNE GOURDASSE ?!
T'AS RAISON ! ON N'A RIEN À FAIRE ENSEMBLE ! NOUS, ON EST QUE DE PAUVRES CÉLIBATAIRES !
MAIS NOUS AU MOINS, ON A NOTRE LIBERTÉ !
ON EST DES CÉLIBATAIRES HEUREUX, ET FIERS DE L'ÊTRE !
LA SAINT-VALENTIN MET LES GARÇONS SOUS PRESSION.
LAISSE TOMBER, VIEUX !
JE NE TE COMPRENDS PAS ! TOUS LES ANS, TU OFFRES DES CHOCOLATS À UN TYPE DIFFÉRENT...
SIMPLEMENT POUR DEVENIR SA MAÎTRESSE !
ET ALORS ?! OÙ EST LE PROBLÈME ?

TU SAIS... QUAND ON A GOÛTÉ AUX HOMMES MARIÉS, ON NE PEUT PLUS S'EN PASSER.
LE PROFESSEUR YASUKI AKIMOTO EXPLIQUE ÇA TRÈS BIEN DANS SON TRAITÉ SUR LES SUPERSTITIONS DE L'AMOUR !
ENCORE UNE THÉORIE FOIREUSE.
TU DEVRAIS LAISSER TOMBER...
JE SUIS SÛRE QUE VOUS N'AVEZ PAS RÉUSSI À DONNER TOUS VOS CHOCOLATS, PAS VRAI ?!
C'EST VRAI QU'ON N'ARRIVE PAS À...
MÊLE-TOI DE TES AFFAIRES !
LES FILLES AUSSI, SONT PERTURBÉES, PAR LA SAINT-VALENTIN.
SEULEMENT... DEUX BOÎTES DE CHOCOLATS...
DONT UNE VENANT DE KYOKO...
C'EST SÛREMENT PARCE QU'ELLES SAVENT QUE JE SUIS MARIÉ...
IL EST TROP EXIGEANT...

MAKO-TO !♡
JE SUIS EN RETARD ?
NON ...
BON, ON VA DÎNER ?!♡
!
REGARDE-MOI UN PEU CE VEINARD !
IL EST HEUREUX, LUI, AU MOINS...
LE PIRE, C'EST QU'IL NE S'EN REND MÊME PAS COMPTE !
OUAIS...
XEGEN
ALORS, MAKOTO... ON T'A OFFERT DES CHOCOLATS ?
OUI... UN PEU !

AH BON ?!
......
OUI, MAIS PAS AUTANT QU'AVANT...
ET C'ÉTAIT JUSTE POUR MARQUER LE COUP...
QUEL DON JUAN !
STAP
STAP
EH... ATTENDS !
YURA SERAIT-ELLE JALOUSE ?
ALORS C'EST PAS LA PEINE QUE JE T'EN OFFRE...
HEIN... MAIS SI, AU CONTRAIRE ! RIEN NE ME FERAIT PLUS PLAISIR !
C'EST VRAI... ?
MAIS OUI, BIEN SÛR ! ♡
ELLE ME TAQUINE !

BON...
FRAF
TIENS...
?
C'EST POUR TOI, MAKOTO !
HEIN ?
JE T'AIME ! VEUX-TU SORTIR AVEC MOI ?

YU... YURA !
ÇA NE TE FAIT PAS PLAISIR ?
AH... EUH... SI, SI !
RIEN NE POUVAIT ME FAIRE PLUS PLAISIR...
HI HI...
HA HA !
FWOF
J'AI FAIT CE CHOCOLAT AVEC AMOUR !
J'Y AI MÊME MIS DES FRUITS !
WHAA ! ♡
LÀ, JE SUIS VRAIMENT HEUREUX !

??
!
HEIN ?
VIENS PAR LÀ...
?
?
J'AI L'IMPRESSION QUE TOUS LES HOMMES NOUS REGARDENT...
J'AI RÉSERVÉ UNE TABLE DANS UN BON RESTAURANT...
MAIS OUI... ! C'EST YURA...

C'EST YURA QU'ILS REGARDENT TOUS !
C'EST NORMAL... ELLE EST TELLEMENT BELLE !
ET C'EST... MA FEMME...
QUE DEMANDER DE PLUS ?!
ÇA Y EST, IL A COMPRIS !

YURA...
À MES YEUX, TU AURAS TOUJOURS...
LA PREMIÈRE PLACE DANS MON CŒUR.
CE SOIR-LÀ... MAKOTO FIT UN RÊVE...
IL ÉTAIT AU COLLÈGE...
C'ÉTAIT LE JOUR DE LA SAINT-VALENTIN...
SOUS UN ARBRE, UNE BELLE COLLÉGIENNE L'ATTENDAIT... C'ÉTAIT YURA.
C'ÉTAIT LE PLUS DOUX DES RÊVES.

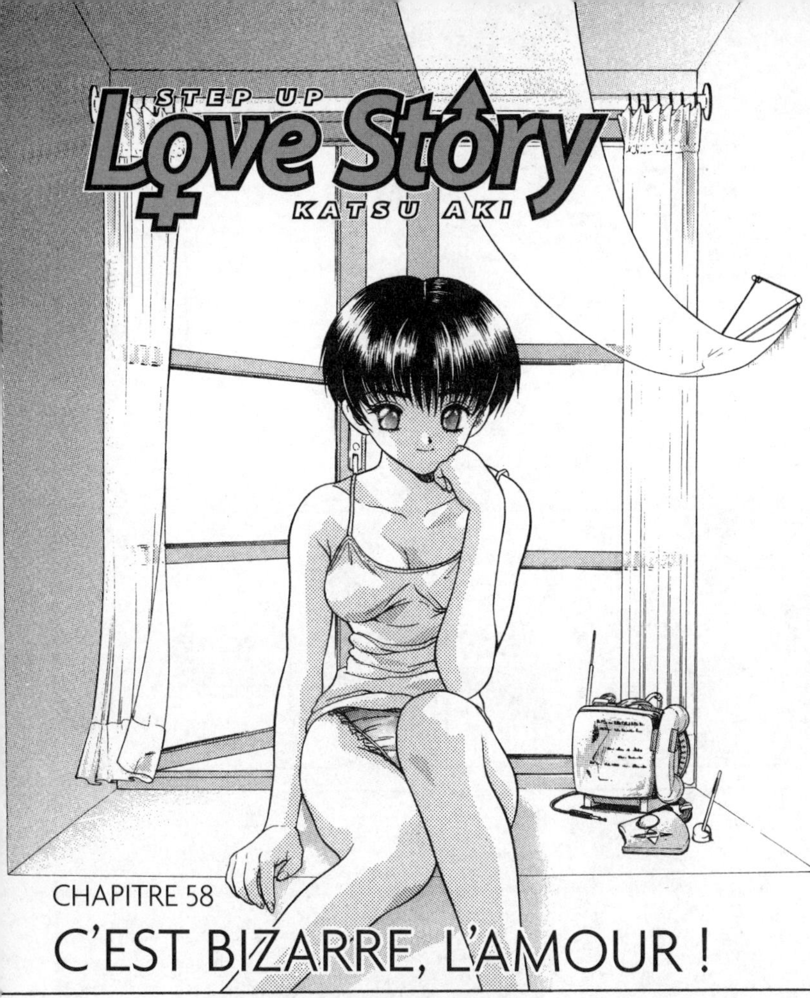

CHAPITRE 58

C'EST BIZARRE, L'AMOUR !

CETTE HISTOIRE SE PASSE AUSSI LE JOUR DE LA SAINT-VALENTIN.
C'EST POUR TOI, YAMADA ! ♡
MAIS C'EST VACHEMENT BON !
CRONCH CRONCH
GRMLB !
OH, DU CHOCOLAT ! C'EST PLEIN DE SUCRE, CES COCHONNERIES-LÀ...
SSRACH
T'AURAIS PU LE MANGER AVEC PLUS DE DÉLICATESSE.
BURP
BEN, MERCI BEAUCOUP, RIKA !
ET ME MONTRER QUE TU ES UN PEU AMOUREUX DE MOI, NON ?!
C'EST UN MOMENT ROMANTIQUE, ENFIN !
C'EST QUAND MÊME LA SAINT-VALENTIN !

UN P'TIT BISOU...
HMM !
J'AIMERAIS BIEN AVOIR QUELQUE CHOSE, LÀ...
ELLE VEUT QU'ON FASSE L'AMOUR ?!
UN PEU AMOUREUX ?!
HUMPF !
OU-TCH !
POV' TARÉ !
SI C'EST ÇA QUE TU VEUX ?! PAS DE PRO-BLÈME...
FLWORF
TOUJOURS AUSSI SUBTIL, CE YAMADA !
J'AVAIS ENVIE D'UN BAISER, PAS DE TE TAILLER UNE PIPE, CRÉTIN !
T'ES DINGUE ! FAUT TE FAIRE SOIGNER, MA PAUVRE...

J'M'TIRE, SALUT !
DÉJÀ ?! MAIS ON N'A ENCORE RIEN FAIT !
T'AS QU'À TE BRANLER !
PLAF
OUTCH !
GRMLB
C'EST ÇA, CASSE-TOI !
OH !
SON CADEAU POUR LA SAINT-VALENTIN.
ELLE AVAIT...
IL NE COMPREND VRAIMENT RIEN, CELUI-LÀ !
QUEL CRÉTIN !

RİKA ?!
!?
SHUJİ...
OH NON...
ELLE SORTAIT AVEC LUI AVANT YAMADA.
TODOM TODOM
BAR & GRILL J·B HEAVEN
PFF FF...
HIC
ÇA N'A PAS L'AİR D'ALLER... TU AS UN PROBLÈME ?
NON, NON... TOUT VA BİEN...

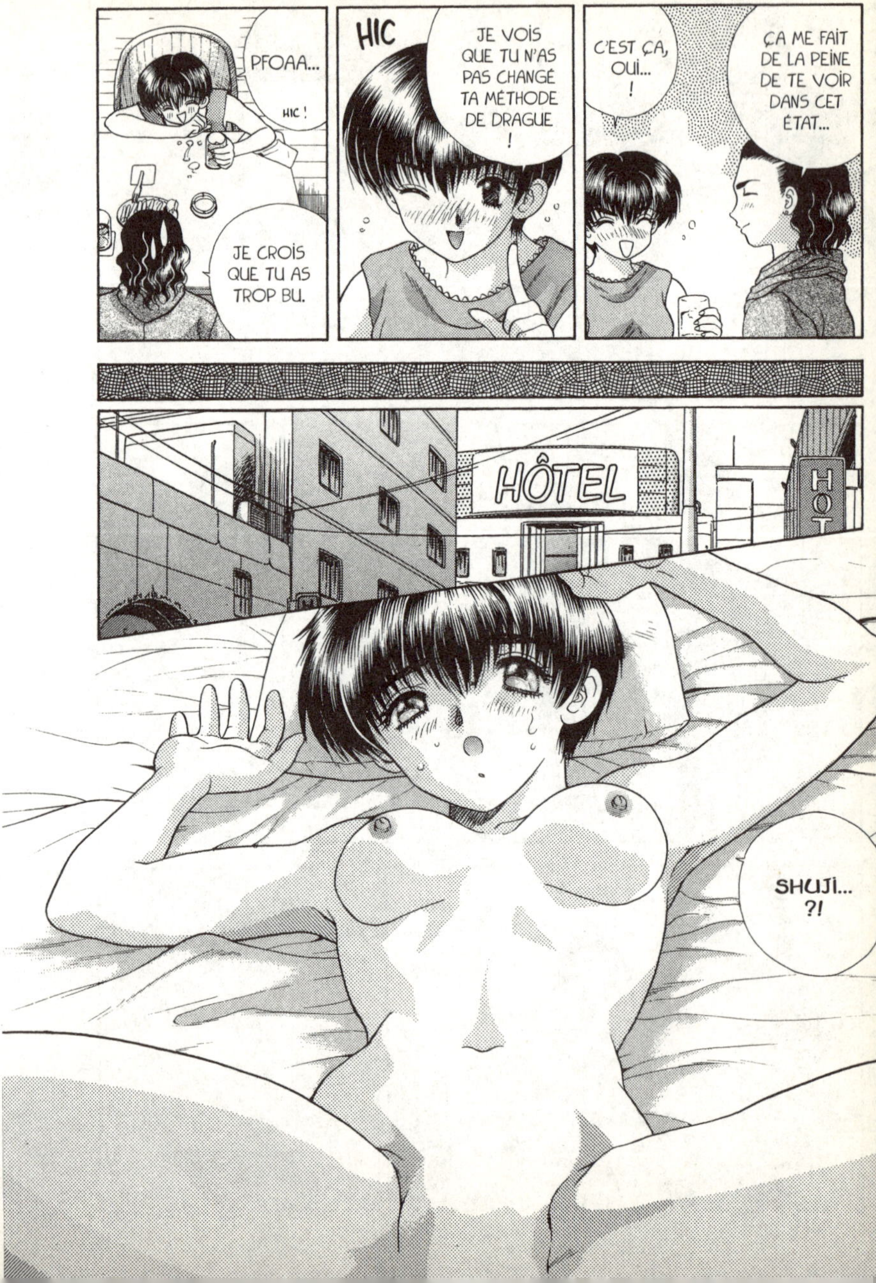
ÇA ME FAIT DE LA PEINE DE TE VOIR DANS CET ÉTAT...
C'EST ÇA, OUI... !
HIC
JE VOIS QUE TU N'AS PAS CHANGÉ TA MÉTHODE DE DRAGUE !
PFOAA...
HIC !
JE CROIS QUE TU AS TROP BU.
HÔTEL
HOT
SHUJI... ?!

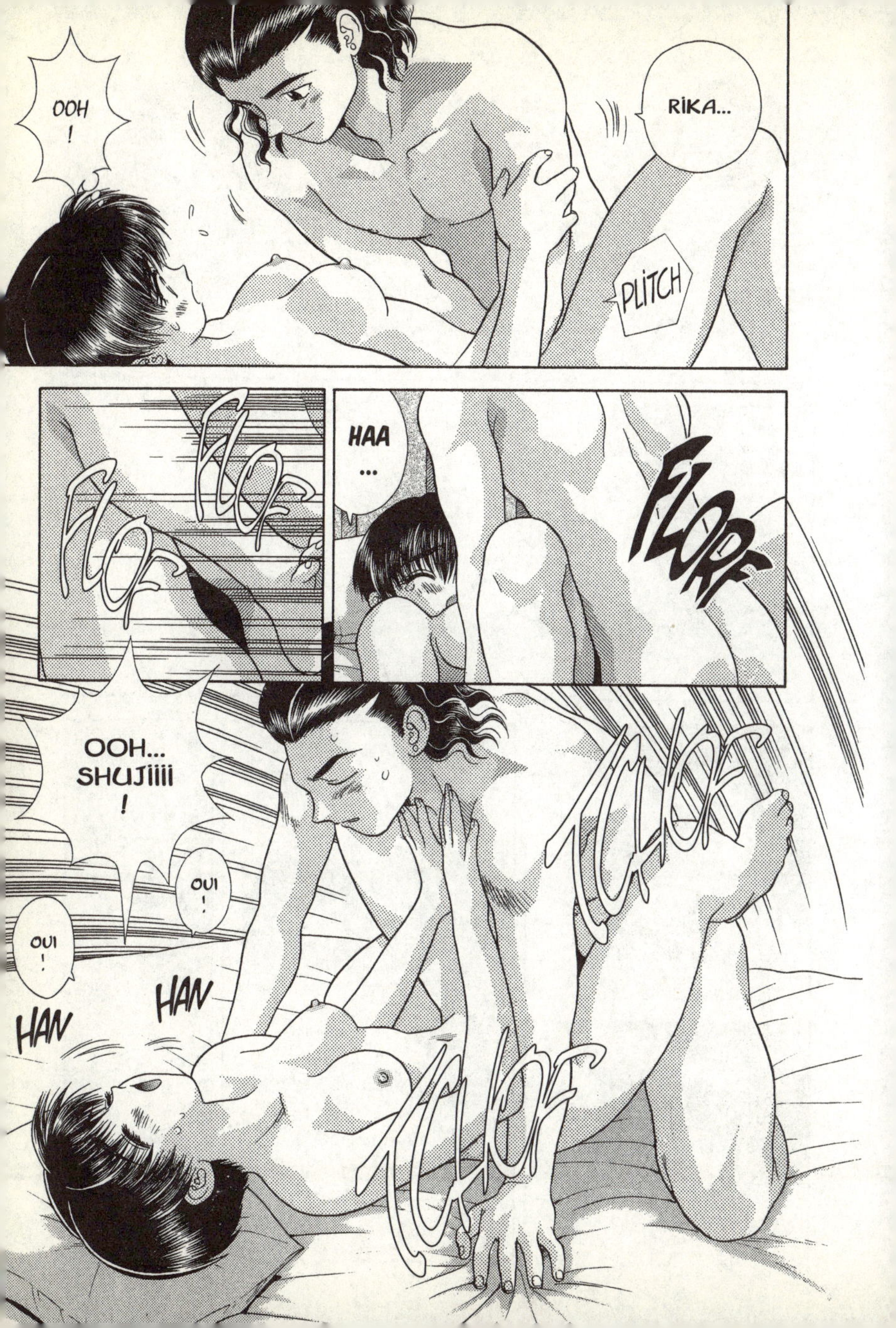
OOH !
RIKA...
PLITCH
HAA ...
FLORF
OOH... SHUJIiiii !
OUI !
OUI !
HAN
HAN

HAA !
FLOTCH
SFLIF
AAAH !
FOF
HAN ! HAN !
PUTCH
J'SUIS VRAIMENT INCORRIGIBLE !
DIS-MOI... RIKA...
SI ON SE REMETTAIT ENSEMBLE ?!
HEIN ?!
JE PENSE TOUJOURS À TOI... TU SAIS...
......

DÉSOLÉE, MAIS CE TRUC, ÇA NE PREND PAS AVEC MOI...
NOUS DEUX, C'EST JUSTE POUR LE SEXE...
HA HA...
TON PROBLÈME, C'EST QUE T'ES PAS SINCÈRE...
PARCE QUE TOI, TU L'AS TOUJOURS ÉTÉ, PEUT-ÊTRE ?!
QUESTION HONNÊTETÉ, T'ES PAS UN EXEMPLE...
EN PARLANT D'HONNÊTETÉ, TU PEUX ME REMBOURSER LE FRIC QUE JE T'AI PRÊTÉ ?!
HA HA...
40 % DES FEMMES QUITTENT LEUR COMPAGNON PARCE QU'ELLES NE L'AIMENT PLUS, CONTRE SEULEMENT 10 % DES HOMMES.
ENQUÊTE RÉALISÉE AUPRÈS D'ÉTUDIANTS
60 % DES FEMMES DISENT AVOIR PLAQUÉ LEUR COMPAGNON, CONTRE 30 % DES HOMMES. MAIS 35 % DES HOMMES NE SE RENDENT PAS COMPTE QU'ILS ONT ÉTÉ PLAQUÉS.
J'AI PAS TROP ASSURÉ SUR CE COUP-LÀ !
N'EMPÊCHE... IL FAIT MIEUX L'AMOUR QUE YAMADA !
DOUCEMENT, MA BELLE !

L'APPARTEMENT DE RIKA...
OH !
HUM !
C'EST LE PULL QUE JE T'AI OFFERT !
HUM !
OUi... JUSTEMENT, JE VOULAIS TE REMERCIER POUR TON CADEAU !
ALORS... EUH... MERCi !
HI HI
YAMADAAAAAA !
OOOH
EH OH... DU CALME !

HAN...
HAN !
HAA... OUIIIII
SLOK
SLOK
HAA... RIKA !
PLOTCH
HAA... T'ES EN FORME, AUJOURD'HUI, YAMADA !
HOOO ...
HAN !
HAN ...
HAA !

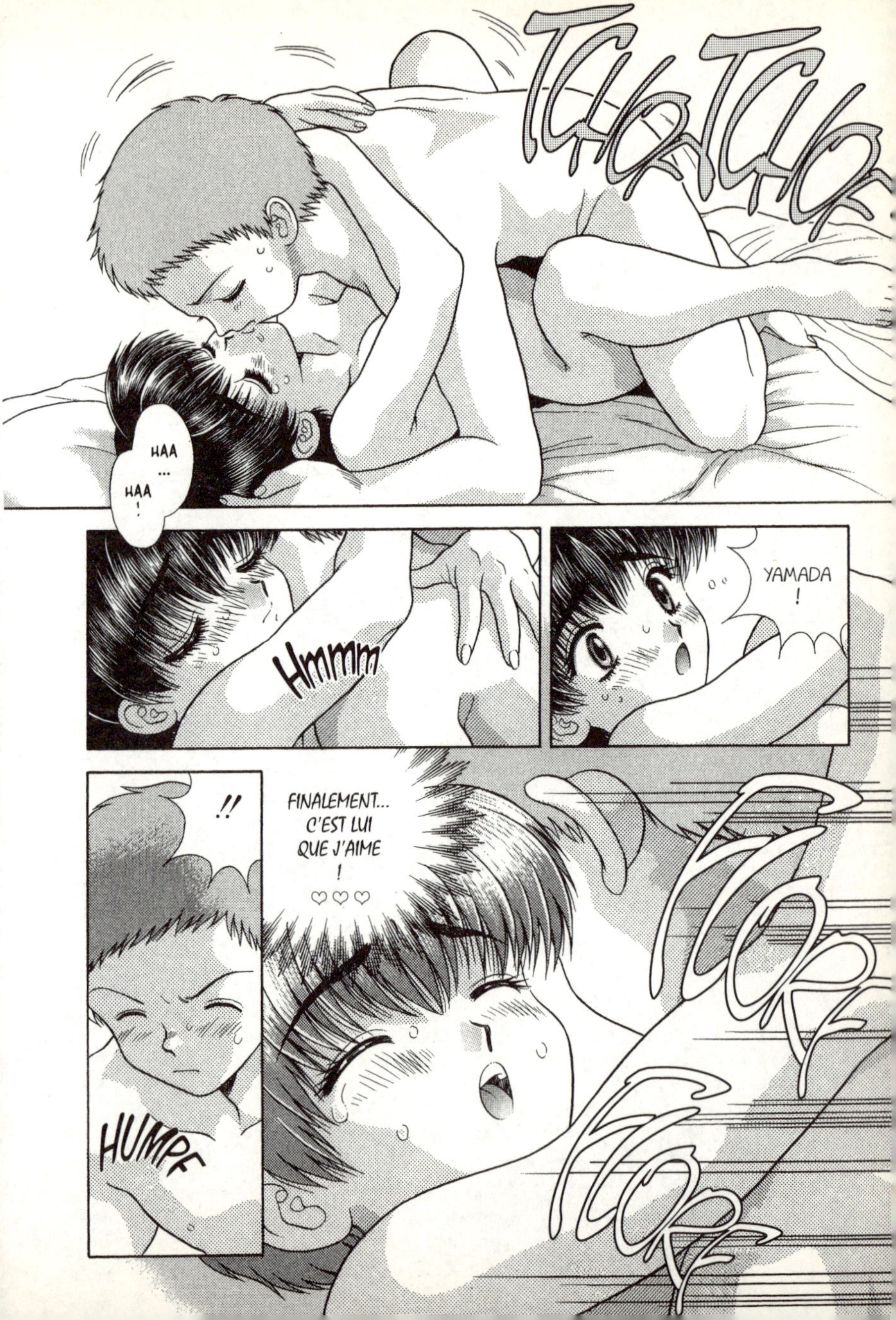
TCHOK TCHOK
HAA ... HAA !
Hmmm
YAMADA !
!!
FINALEMENT... C'EST LUI QUE J'AIME ! ♡♡♡
HUMPF

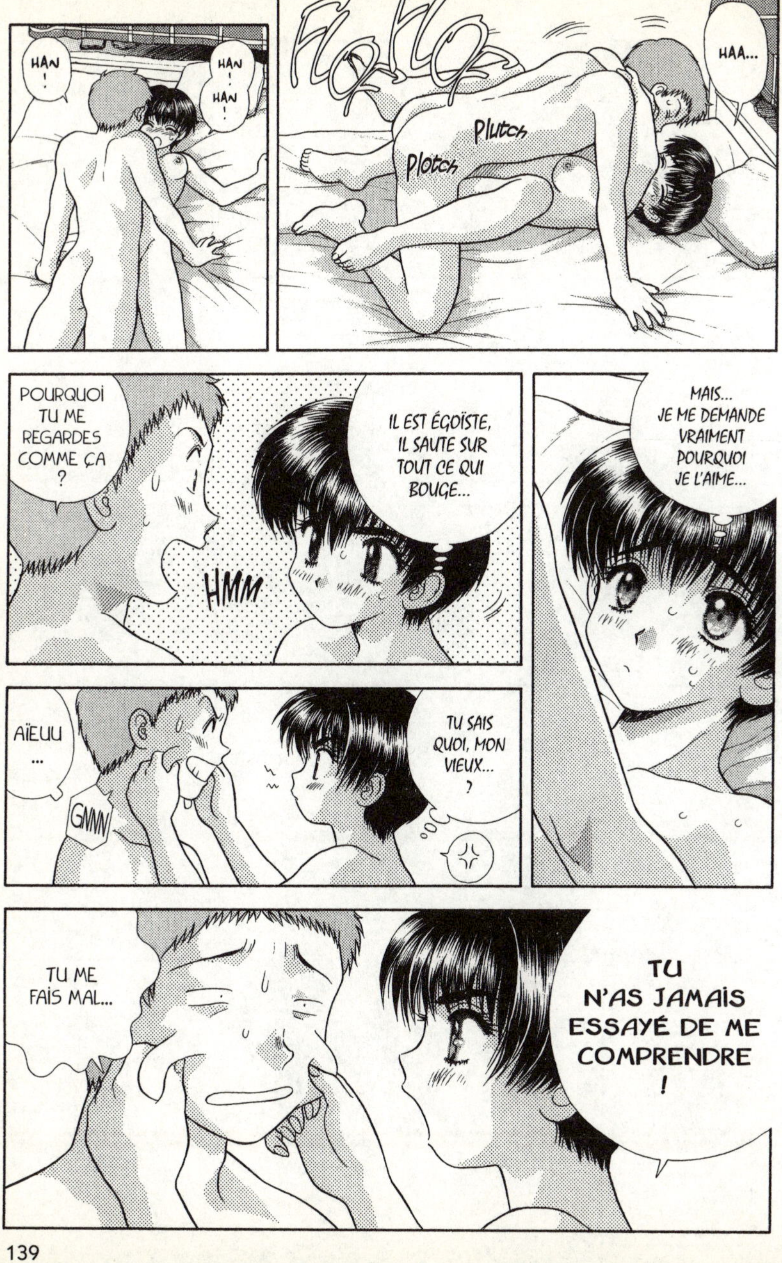
HAN !
HAN ! HAN !
FLOP FLOP
Plutch
Plotch
HAA...
POURQUOI TU ME REGARDES COMME ÇA ?
IL EST ÉGOÏSTE, IL SAUTE SUR TOUT CE QUI BOUGE...
HMM
MAIS... JE ME DEMANDE VRAIMENT POURQUOI JE L'AIME...
AÏEUU ...
GNNN
TU SAIS QUOI, MON VIEUX... ?
TU ME FAIS MAL...
TU N'AS JAMAIS ESSAYÉ DE ME COMPRENDRE !

VAS-Y ! FAIS COMME CHEZ TOI
TCHAC
Y A RIEN D'AUTRE À BOIRE ICI DE TOUTE FAÇON !
BOUGE PAS, JE VAIS FAIRE DU CHOCOLAT !
ET VOILÀ !
AH BON ?!
TU AS DU CHOCOLAT SUR LA JOUE.
HI HI...
HA HA HA HA !♡
FINALEMENT, L'AMOUR... ÇA TIENT VRAIMENT À PEU DE CHOSES !
JE ME SENS TELLEMENT BIEN AVEC LUI...
C'EST DINGUE, ÇA... IL SUFFIT QUE J'ENTENDE SON RIRE, ET JE LUI PARDONNE TOUT...

RRZ ZZ...
TIENS ?!
SON RÉPONDEUR CLIGNOTE...
TWIP TWIP
HÉ HÉ... J'VAIS ÉCOUTER...
ÇA, C'EST UNE CHOSE QU'IL NE FAUT JAMAIS FAIRE.
TWIP
BIIIP
SALUT, C'EST SHUJI... ON POURRAIT SE VOIR DEMAIN SOIR ?
HÉ, MAIS... C'EST... C'EST SON EX !
JE T'ATTENDRAI À SHIBUYA... À 19 HEURES ...
RIKA... TU N'AS QUAND MÊME PAS L'INTENTION...
DE TE REMETTRE AVEC CE TYPE... ?!

CHAPITRE 58 - C'EST BIZARRE L'AMOUR - FIN

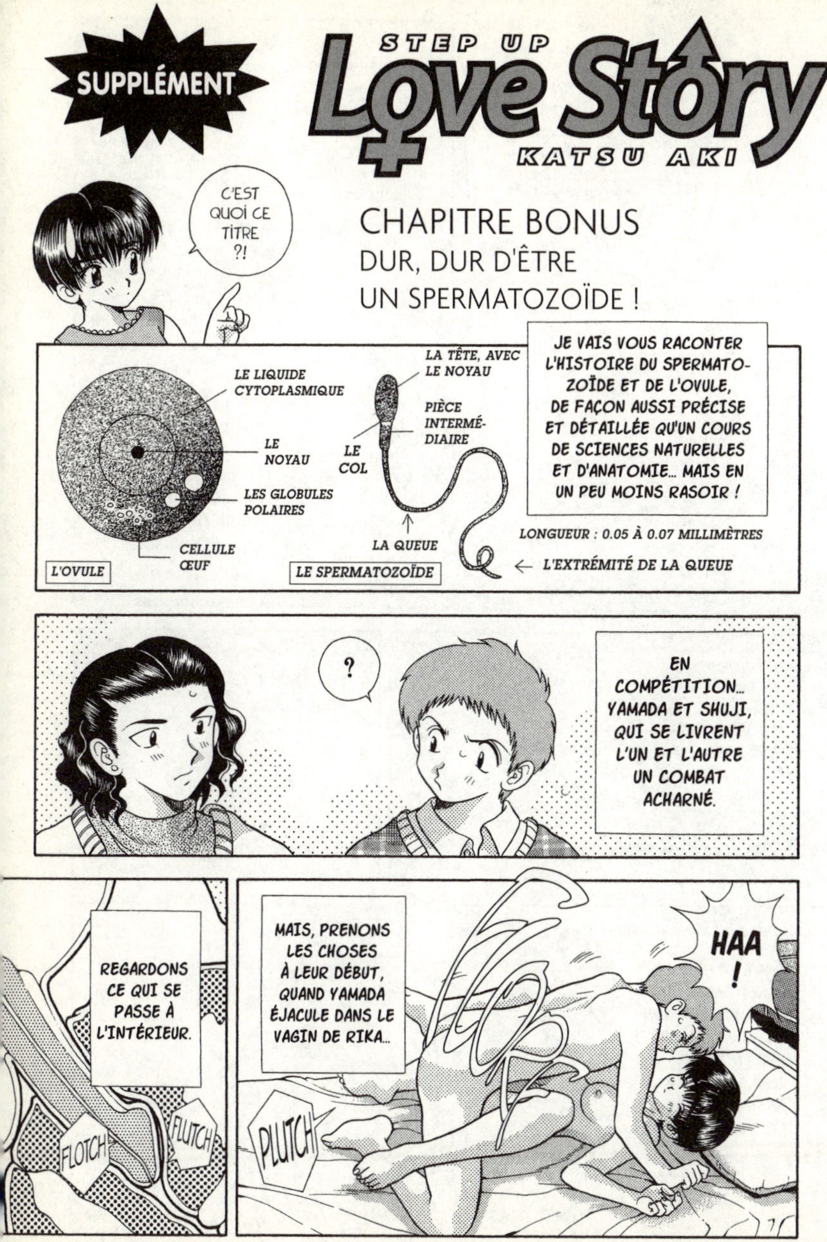
SUPPLÉMENT
STEP UP
Love Story
KATSU AKI
C'EST QUOI CE TITRE ?!
CHAPITRE BONUS
DUR, DUR D'ÊTRE UN SPERMATOZOÏDE !
LE LIQUIDE CYTOPLASMIQUE
LE NOYAU
LES GLOBULES POLAIRES
CELLULE ŒUF
L'OVULE
LA TÊTE, AVEC LE NOYAU
PIÈCE INTERMÉDIAIRE
LE COL
LA QUEUE
LE SPERMATOZOÏDE
L'EXTRÉMITÉ DE LA QUEUE
LONGUEUR : 0.05 À 0.07 MILLIMÈTRES
JE VAIS VOUS RACONTER L'HISTOIRE DU SPERMATOZOÏDE ET DE L'OVULE, DE FAÇON AUSSI PRÉCISE ET DÉTAILLÉE QU'UN COURS DE SCIENCES NATURELLES ET D'ANATOMIE... MAIS EN UN PEU MOINS RASOIR !
?
EN COMPÉTITION... YAMADA ET SHUJI, QUI SE LIVRENT L'UN ET L'AUTRE UN COMBAT ACHARNÉ.
REGARDONS CE QUI SE PASSE À L'INTÉRIEUR.
FLOTCH
FLUTCH
MAIS, PRENONS LES CHOSES À LEUR DÉBUT, QUAND YAMADA ÉJACULE DANS LE VAGIN DE RIKA...
PLUTCH
HAA !

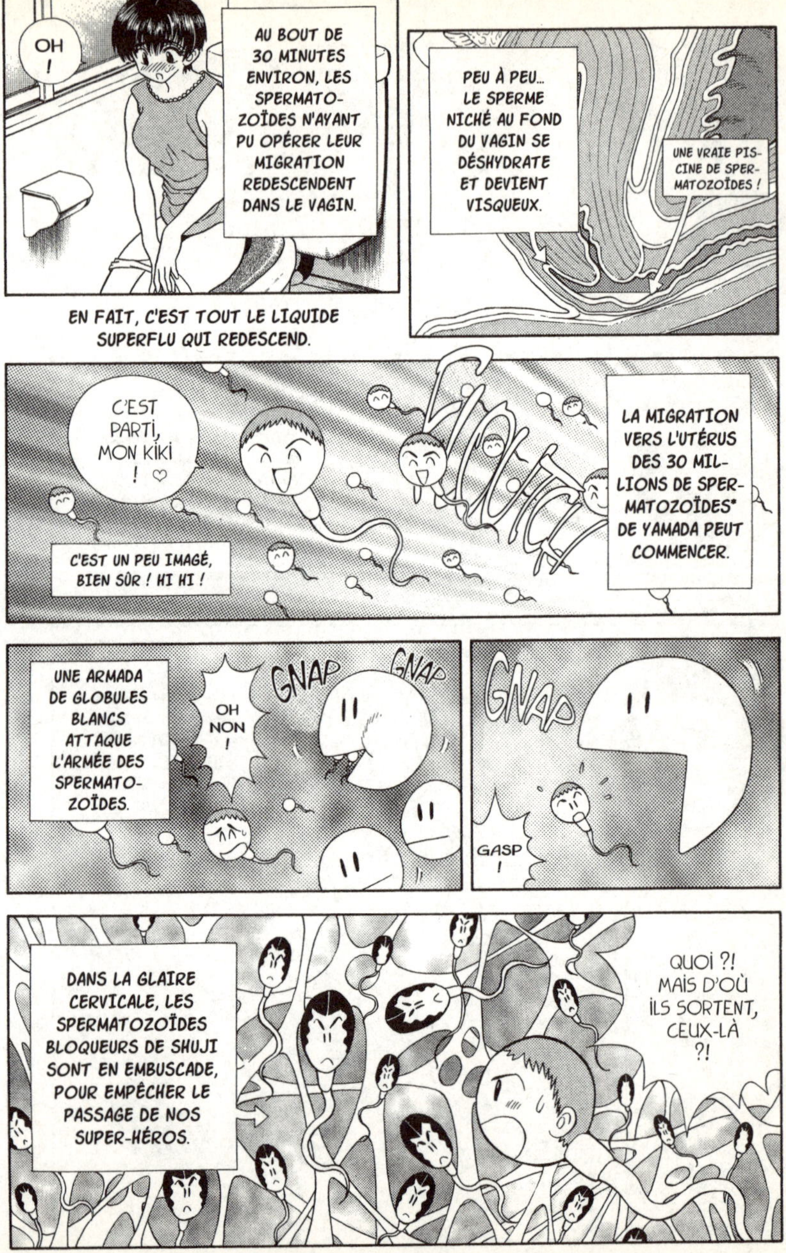

*NDT : CE CHIFFRE N'EST VALABLE QUE DANS CE CAS PRÉCIS... ET EN ADMETTANT QUE L'AUTEUR AIT BIEN COMPTÉ ! EN EFFET, ON ESTIME QUE LORS D'UNE ÉJACULATION, ENTRE 20 ET 300 MILLIONS DE SPERMATOZOÏDES SONT LIBÉRÉS !

* NDT : LES SPERMATOZOÏDES TUEURS.

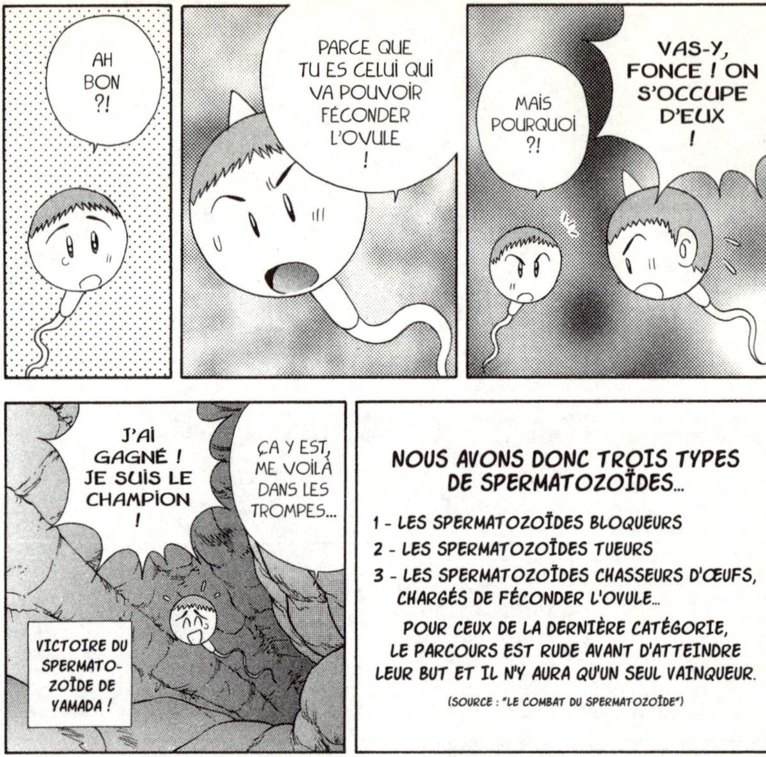

ON NE PEUT JAMAIS ÊTRE VRAIMENT SÛRE DE SON CYCLE D'OVULATION... ALORS, SI VOUS NE VOULEZ PAS TOMBER ENCEINTE, UTILISEZ UN MOYEN DE CONTRACEPTION !

CHAPITRE BONUS - DUR, DUR D'ÊTRE UN SPERMATOZOÏDE ! - FIN

STEP UP
Love Story
KATSU AKI
CHAPITRE 59
PREMIÈRE DISPUTE
UN DIMANCHE MATIN... YURA ET MAKOTO S'APPRÊTENT À PASSER UNE JOURNÉE TRANQUILLE...

MAKOTO !
ALLEZ ! VAS-Y !
ZIM
ZIM
J'Y SUIS PRESQUE !
CLIC
CLIC
HUM
ON AVAIT DIT PAS PLUS D'UNE HEURE PAR JOUR !
TU Y AS PASSÉ TOUTE LA MATINÉE...
JE PEUX FAIRE UNE EXCEP-TION, POUR UNE FOIS...
C'EST UN NOUVEAU JEU !
MAIS C'EST TOI QUI L'AS DEMANDÉ, POUR QU'ON AIT PLUS DE TEMPS POUR SORTIR OU FAIRE L'AMOUR...
J'AI DIT ÇA, MOI ?!

PFFF, J'AI VRAIMENT ENVIE DE SORTIR !
QUOIIII ?!
TSAM TSAM
PEUT-ÊTRE... MAIS AUJOURD'HUI, JE FAIS UNE JOURNÉE JEUX VIDÉO !
TU DOIS AUSSI SAVOIR TE MONTRER RAISONNABLE !
JE COMPRENDS QUE TU AIES ENVIE DE JOUER, MAIS...
ÉÉÉ ÉÉÉ ÉÉH !
PAF
Hors service
AAAH, IL FAUT RESPECTER LES RÈGLES !
MAIS QU'EST-CE QU'IL TE PREND !
EUH... TU PARLES TOUJOURS DES JEUX VIDÉO, LÀ ?!
QUAND L'ENVIE LE PREND... IL NE PEUT PLUS SE CONTRÔLER !
C'EST TRÈS DIFFICILE POUR UN HOMME DE S'ABSTENIR !

TRÈS BIEN ! DANS CE CAS, JE T'INTERDIS DE RESTER DANS LE BAIN PLUS D'UNE HEURE !
ET TOC...
HEIN ?! POURQUOI ?
TU MONOPOLISES LA SALLE DE BAIN ! UNE HEURE, C'EST TROP LONG !
C'EST POUR ME FAIRE BELLE POUR TOI !
D'AILLEURS, TU FERAIS BIEN D'Y PASSER UN PEU PLUS DE TEMPS !
JE SAIS QUE JE SUIS TROP RAPIDE ! MAIS JE NE PEUX PAS ME CONTRÔLER !
MAIS DE QUOI TU PARLES ENCORE ?
TU DEVRAIS PRENDRE EXEMPLE SUR NOTRE VOISINE YABUKI ! ELLE EST UN PEU PLUS DOCILE, ELLE !
GRMLB
LÀ... IL EXAGÈRE !
EH BIEN, VA VIVRE AVEC ELLE PUISQU'ELLE EST SI BIEN !
CE N'EST PAS CE QUE JE...
GRRR
HO HO... ÇA PART EN VRILLE !
À QUELLE FRÉQUENCE VOUS DISPUTEZ-VOUS ?
ENQUÊTE MENÉE AUPRÈS DE 100 HOMMES
JAMAIS : 10 %
À CHAQUE ENTREVUE : 8 %
1 À 2 FOIS PAR SEMAINE : 20 %
2 À 3 FOIS PAR MOIS : 20 %
1 FOIS PAR MOIS : 12 %
1 FOIS TOUS LES 2 OU 3 MOIS : 8 %
PRATIQUEMENT JAMAIS : 22 %
INUTILE DE TROP S'INQUIÉTER, TOUS LES COUPLES SE SONT DISPUTÉS, UN JOUR OU L'AUTRE.

JE VAIS PRENDRE L'AIR !
PFFFF !
QUEL SALE CARACTÈRE !
BONJOUR !
OH, MADAME YABUKI !
OUPS !
SWIIP
ATTENTION !
SPOF

IL FAUT TOUJOURS QU'IL AIT LE DERNIER MOT...
TCHAC
OUILLE !
EUH... ÇA VA ?!
VOUS N'ÊTES PAS BLESSÉ ?
OH !
HUM
WHAA ! ♡
TODOM
ZUT !

EUH... YURA, ATTENDS !
VLAM
EH !
ELLE VA S'IMAGINER DES TRUCS !
ENFIN, YURA !
VA RETROUVER TA YABUKI !
TOC TOC.
OUVRE-MOI !
MANQUAIT PLUS QUE ÇA !
HUMM
UC CARD
HIDO

COFFEE SHOP
ELLE VA BIEN FINIR PAR SE CALMER...
TOC TOC
COUCOU
SU... SUGIYAMA ?!
MAKIE SUGIYAMA (23 ANS), UNE COLLÈGUE DE BUREAU.
JE NE PENSAIS PAS VOUS VOIR ICI !
VOUS VOUS ÊTES DISPUTÉ AVEC VOTRE FEMME ?
SLURP
GAGNÉ !

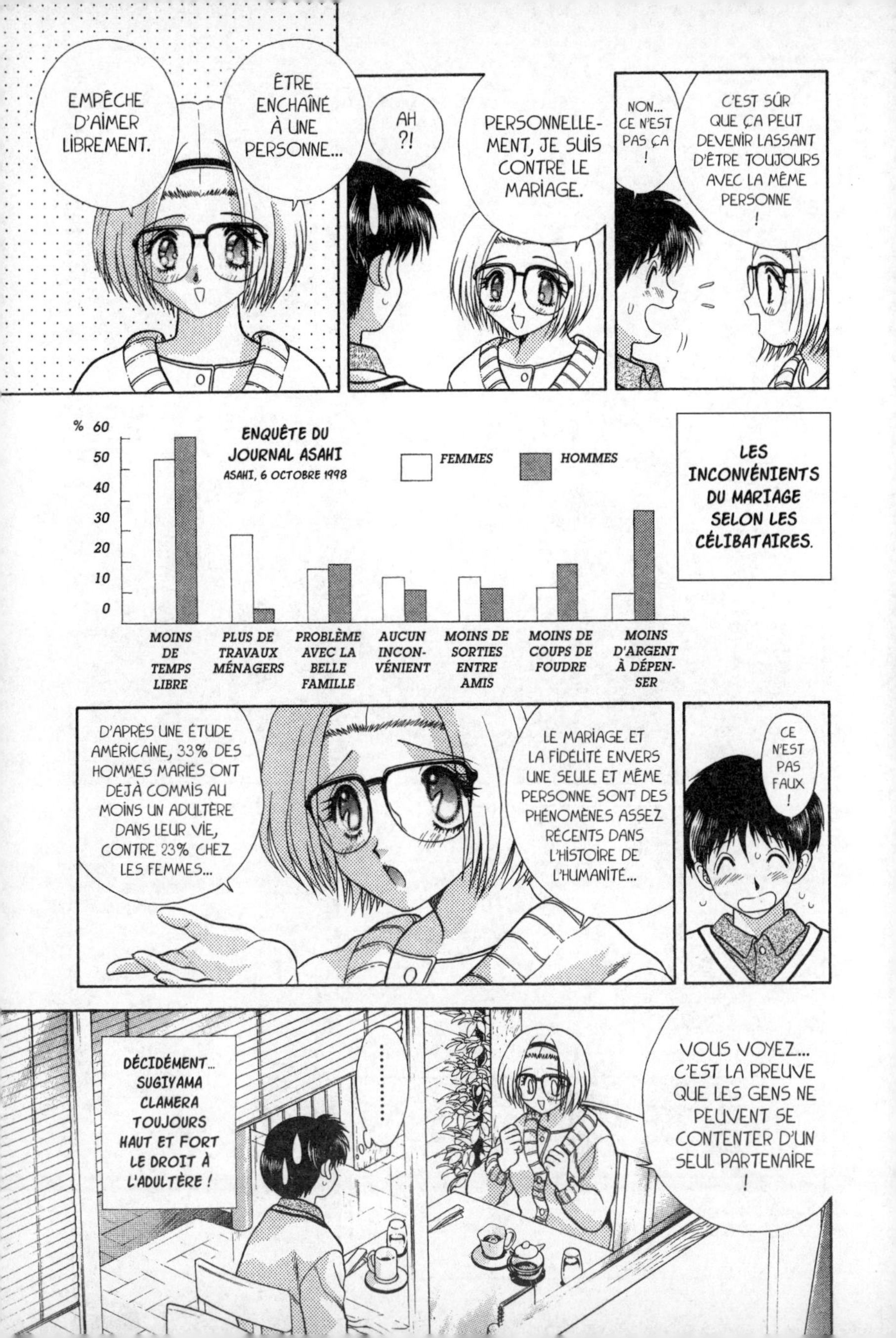
C'EST SÛR QUE ÇA PEUT DEVENIR LASSANT D'ÊTRE TOUJOURS AVEC LA MÊME PERSONNE !
NON... CE N'EST PAS ÇA !
PERSONNELLE-MENT, JE SUIS CONTRE LE MARIAGE.
AH ?!
ÊTRE ENCHAÎNÉ À UNE PERSONNE...
EMPÊCHE D'AIMER LIBREMENT.
LES INCONVÉNIENTS DU MARIAGE SELON LES CÉLIBATAIRES.
ENQUÊTE DU JOURNAL ASAHI
ASAHI, 6 OCTOBRE 1998
FEMMES
HOMMES
%
60
50
40
30
20
10
0
MOINS DE TEMPS LIBRE
PLUS DE TRAVAUX MÉNAGERS
PROBLÈME AVEC LA BELLE FAMILLE
AUCUN INCON-VÉNIENT
MOINS DE SORTIES ENTRE AMIS
MOINS DE COUPS DE FOUDRE
MOINS D'ARGENT À DÉPEN-SER
CE N'EST PAS FAUX !
LE MARIAGE ET LA FIDÉLITÉ ENVERS UNE SEULE ET MÊME PERSONNE SONT DES PHÉNOMÈNES ASSEZ RÉCENTS DANS L'HISTOIRE DE L'HUMANITÉ...
D'APRÈS UNE ÉTUDE AMÉRICAINE, 33% DES HOMMES MARIÉS ONT DÉJÀ COMMIS AU MOINS UN ADULTÈRE DANS LEUR VIE, CONTRE 23% CHEZ LES FEMMES...
VOUS VOYEZ... C'EST LA PREUVE QUE LES GENS NE PEUVENT SE CONTENTER D'UN SEUL PARTENAIRE !
....
DÉCIDÉMENT... SUGIYAMA CLAMERA TOUJOURS HAUT ET FORT LE DROIT À L'ADULTÈRE !

LALAAAAA... DANS LA NUIT ÉTERNELLE...
BAR KARAOKÉ
DOM
JOY
SENPAÏ... FAUT PAS ÊTRE TRISTE !
JE ME SENS MAL À L'AISE...
HA HA...
NON... ÇA VA...
VOUS DEVRIEZ BOIRE ENCORE, ÇA VOUS DÉCOINCERAIT !
MAIS SI, BUVEZ !
SLUURP
QUELLE DESCENTE !
VENEZ CHANTER AVEC MOI !
EUH... NON !

SENPAÏ ! ♡
WHA AAA !
IL N'Y A QUE NOUS, ICI !
HEIN ?!
ON PEUT FAIRE CE QU'ON VEUT ! HIC !
TCHIC
TODOM TODOM
TODOM TODOM
L'ALCOOL A DÉCUPLÉ SA LIBIDO !
ARRÊTE, ON PEUT PAS FAIRE ÇA ICI !
BIEN SÛR QUE SI !! C'EST MÊME FAIT POUR ÇA !
PLOM
NO OO ON !

ALLEZ, MONTREZ-MOI QUE VOUS ÊTES UN HOMME ! ♡
NON... JE NE PEUX PAS !
JE NE DEVRAIS PAS ÊTRE LÀ...
J'AI LAISSÉ YURA À LA MAISON, ET JE...
CHARLES BAUDELAIRE A ÉCRIT...
HIC !
C'EST QUAND ON VIOLE L'INTERDIT QU'IL DEVIENT EXCITANT...
STOOOOP !
BON, JE DOIS Y ALLER !
TIENS, VOILÀ DE QUOI PAYER...
SEN-PAÏ !
DÉ-GON FLÉÉ ÉÉÉ !!

DONC... MAKOTO A SEULEMENT VOULU L'EMPÊCHER DE TOMBER ?!
JE M'EN DOUTAIS UN PEU, MAIS...
J'AIMERAIS TANT ÊTRE COMME VOUS !
HEIN ?!
VOUS AVEZ L'AIR DE TELLEMENT BIEN VOUS ENTENDRE ET...
VOTRE MARI EST SI GENTIL !
AH BON... VRAIMENT ...
C'EST TOUJOURS MIEUX CHEZ LES AUTRES.
NOUS, PAR CONTRE... C'EST PAS TERRIBLE !
JE M'EN VEUX... CETTE DISPUTE ÉTAIT STUPIDE...

AT-CHOUM !
J'AURAIS DÛ PRENDRE UNE VESTE !
!
OH... MAKOTO !
HUM
EUH... SALUT !
TIENS... TU DEVRAIS METTRE ÇA !
MERCI... C'EST GENTIL !

TU SAIS... JE...
!
TIENS ...
MERCI... C'EST GENTIL !
OH... C'EST... EUH... C'EST PAS GRAND-CHOSE...
JE... EN FAIT... JE... EUH...
JE TE DEMANDE PARDON !
!
HI HI !
HA HA HA !

CHAPITRE 59 - PREMIÈRE DISPUTE - FIN

STEP UP
Love Story
KATSU AKI
CHAPITRE 60
PARLE-MOI ! ♡

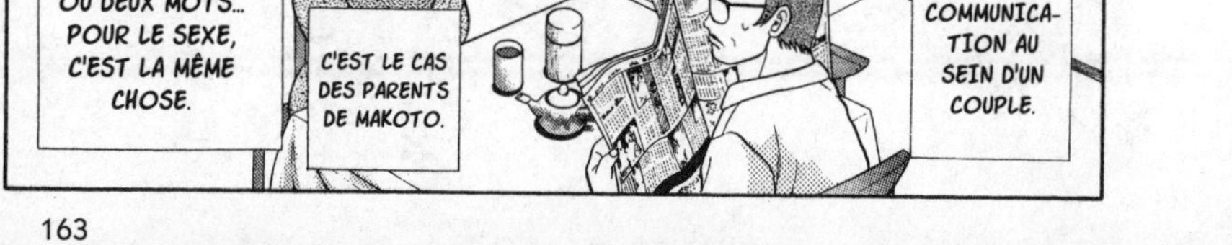
EN GÉNÉRAL, LES CONVERSATIONS SE LIMITENT À UN OU DEUX MOTS... POUR LE SEXE, C'EST LA MÊME CHOSE.
C'EST LE CAS DES PARENTS DE MAKOTO.
MON REPAS...
MON BAIN...
ON DIT QU'IL N'Y A PRATIQUEMENT AUCUNE COMMUNICATION AU SEIN D'UN COUPLE.

Kowa
AIC
DENON
PRICE
LE CALME REVENANT TOUJOURS APRÈS LA TEMPÊTE... YURA ET MAKOTO SE FONT UNE SORTIE EN AMOUREUX.
シネ
OH NON ! C'EST COMPLET !
禁じられた純愛
AUJOURD'HUI SUR NOS ÉCRANS
満
QU'EST-CE QU'ON FAIT ?
JE NE SAIS PAS...
ON POURRAIT PEUT-ÊTRE ALLER À L'HÔTEL !
SOIS PAS SI PRESSÉ !
IL FAUT PROCÉDER PAR ÉTAPES !
UNE SORTIE PROGRAMMÉE PAR YURA.
SALON DE THÉ
CINÉMA
RESTAURANT
PROMENADE ROMANTIQUE
LOVE-HOTEL
ON FERAIT MIEUX D'Y ALLER TOUT DE SUITE !

POUR YURA, LE RESTAURANT OU LE CINÉMA, C'EST UN PEU COMME LES PRÉLIMINAIRES... UNE FAÇON DE SE METTRE EN CONDITION AVANT DE PASSER AUX CHOSES SÉRIEUSES !
C'EST AGRÉABLE DE SE PROMENER EN BAVARDANT... ÇA DÉTEND ET ÇA MET DE BONNE HUMEUR !
DANS UN HÔTEL AUSSI, ON PEUT BAVARDER !
ON POURRAIT Y ALLER DÈS MIDI, QU'EST-CE QUE TU EN PENSES ?
ON SE FERAIT APPORTER LE DÉJEUNER DANS LA CHAMBRE...
ÇA PEUT ÊTRE CLASSE ! ♡
IL NE PENSE VRAIMENT QU'À ÇA !
YURA A FINI PAR CÉDER ! HI HI !
HOTEL
C'EST PARTI...
NON ! PAS TOUT DE SUITE...

LES FEMMES PASSENT BEAUCOUP DE TEMPS À BAVARDER, QUE CE SOIT AU CAFÉ OU AU TÉLÉPHONE. POUR ELLES, C'EST UNE FAÇON D'ENTRETENIR L'AMITIÉ OU L'AMOUR... MAIS C'EST UNE CHOSE QUE LES HOMMES NE COMPRENNENT PAS TOUJOURS.

ALLEZ ! ON Y VA !
ATTENDS ...
SLIIIP
TODOM TODOM
......
ELLE A ENCORE FINI PAR CÉDER ! HI HI !
EUH... TU NE DEVAIS PAS... PARLER ?!
IL ÉTAIT UNE FOIS, DANS UN PAYS LOINTAIN...
NON, SOIS SÉRIEUX !
TRÈS BIEN...

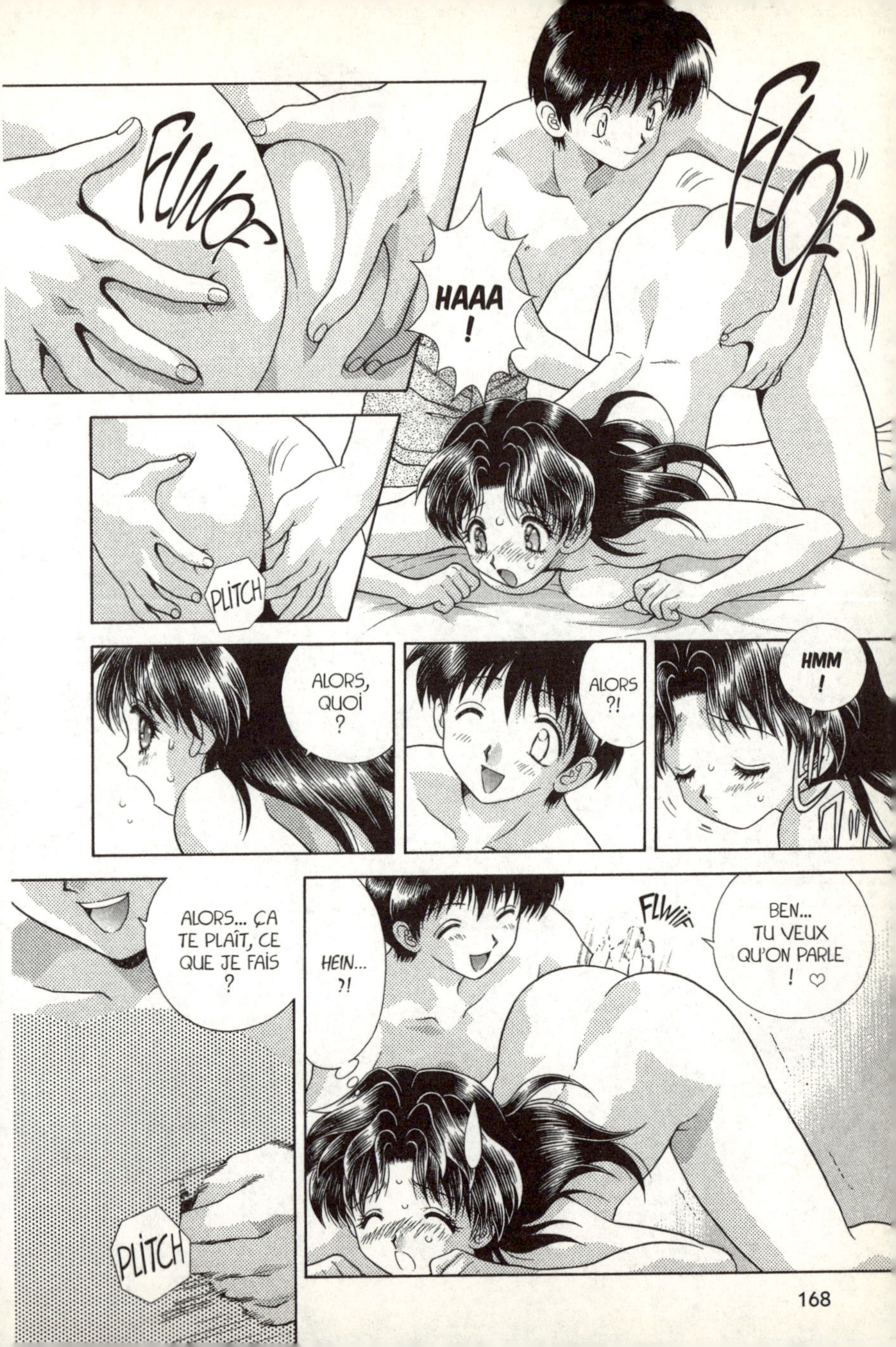
FLWOÇ
FLOÇ
HAAA !
PLITCH
ALORS, QUOI ?
ALORS ?!
HMM !
ALORS... ÇA TE PLAÎT, CE QUE JE FAIS ?
HEIN... ?!
FLWIF
BEN... TU VEUX QU'ON PARLE ! ♡
PLITCH

LES FEMMES ADORENT QU'ON LEUR CHUCHOTE DES CHOSES À L'OREILLE ! ELLES ACCORDENT BEAUCOUP D'IMPORTANCE AUX MOTS EN GÉNÉRAL, ET SONT TRÈS SENSIBLES À CE GENRE DE MURMURES... AMOUREUX !

AUX ÉTATS-UNIS, UNE ÉTUDE MENÉE AUPRÈS DE JEUNES ENFANTS ÂGÉS D'UNE DIZAINE D'ANNÉES A MONTRÉ QU'EN CE QUI CONCERNE LE LANGAGE, LA PLUPART DES FILLES AVAIENT UNE MEILLEURE PRONONCIATION ET ÉTAIENT DÉJÀ CAPABLES D'UNE ANALYSE SÉMANTIQUE... CECI DÉMONTRE BIEN QUE LES MOTS SONT TRÈS IMPORTANTS POUR UNE FEMME.

(SOURCE : LE CERVEAU MASCULIN ET FÉMININ)

FLOTCH
OH... HAA...
HMM HMM
FAIS PLUS DOUCEMENT ! ♡
T'AIMES PAS ?!
HEIN ?! SI, MAIS...
PERVERS ! ☆
JE... L'ADORE !
FLUTCH
HAA !

Hmmm
PLUITCH
PLUITCH
HAN ! HAN !
PLI TCH
FLOOORF
HAAA !
TU AIMES ?!
oui...

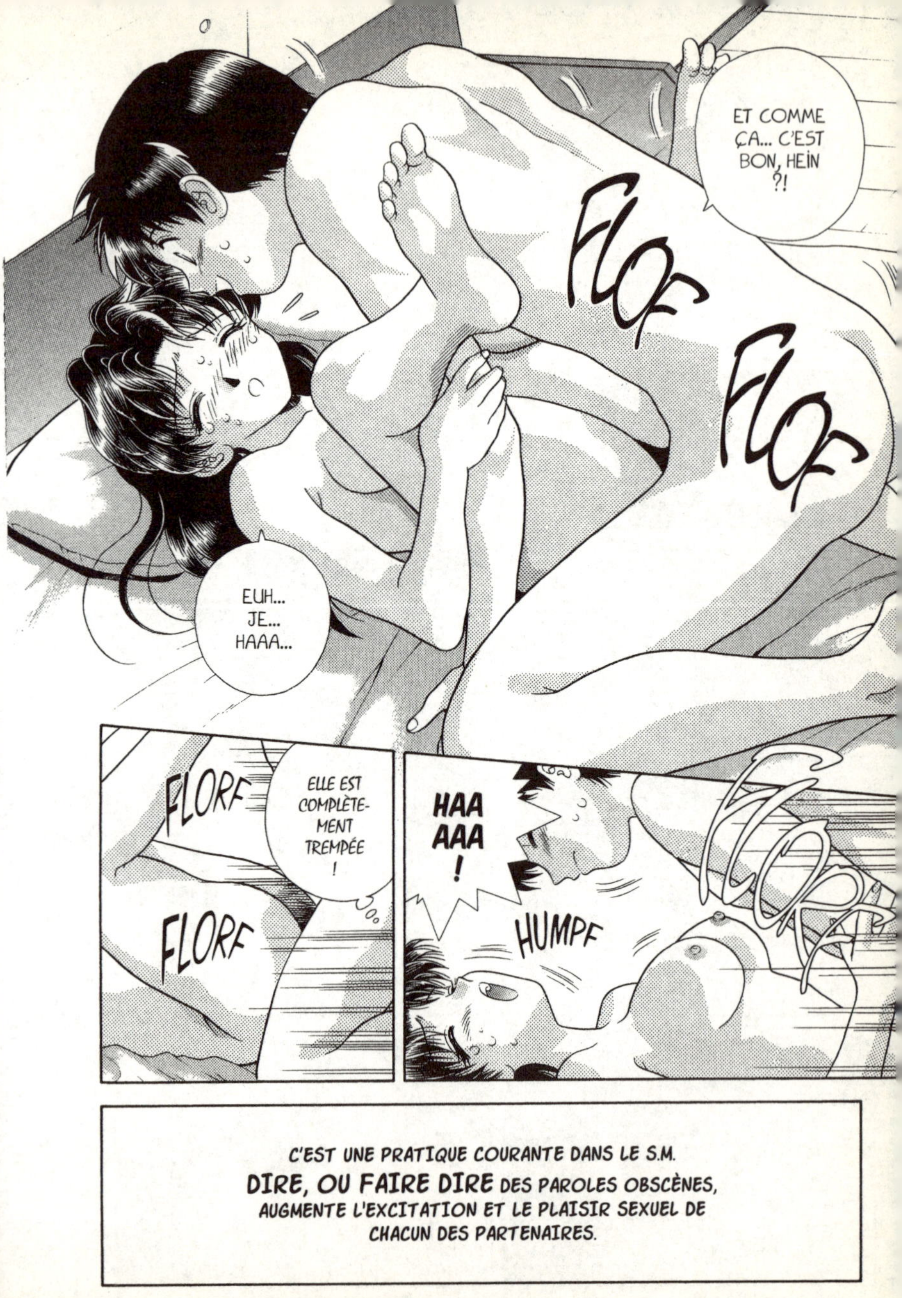
ET COMME ÇA... C'EST BON, HEIN ?!
FLOF FLOF FLOF
EUH... JE... HAAA...
FLORF
HAA AAA !
HUMPF
ELLE EST COMPLÈTEMENT TREMPÉE !
FLORF
FLORF
C'EST UNE PRATIQUE COURANTE DANS LE S.M.
DIRE, OU FAIRE DIRE DES PAROLES OBSCÈNES, AUGMENTE L'EXCITATION ET LE PLAISIR SEXUEL DE CHACUN DES PARTENAIRES.

YURA ET MAKOTO N'EN SONT PAS ENCORE LÀ... PAS COMME CES DEUX-LÀ.
TU LA SENS BIEN ? ÇA TE PLAÎT D'TE FAIRE RAMONER EN PROFONDEUR, HEIN ?!
OUIIII ! ♡
UN POÈTE !
FLOF FLOF FLOF
NOTRE LIBIDO, ESSENTIELLEMENT BASÉE SUR DES SOUVENIRS, DES MOTS OU DES EXPÉRIENCES, A UNE ÉNORME INFLUENCE SUR L'INTÉRÊT QUE L'ON PORTE À UNE PERSONNE DU SEXE OPPOSÉ ET SUR LES SENTIMENTS QUE L'ON ÉPROUVE POUR ELLE.
HÔTEL
HAN ! HAN !
FLORF FLORF
HAA... YURA !
MA... MAKOTO !

HAA... JE... JE...
JE T'AIME !
HAAA !
GNNN
HMM
HUNGH ...
HAN ...

HAA ... AH !
FLOF FLOF
PLUTCH
HAA ! HAA !
ALORS ?!
C'EST PAS MAL DE PARLER EN FAISANT L'AMOUR !
OUI, MAIS... C'EST QUAND MÊME UN PEU BIZARRE...
HA HA... UN PEU !
OH... JE SUIS DÉSOLÉE...
GARGOUILLL!
ON DEVRAIT PEUT-ÊTRE ALLER MANGER, NON ?!
OUI !

PARLER EN MÊME TEMPS... JE TROUVE QUE ÇA PERMET DE MIEUX PARTAGER CE QUE L'ON RESSENT.
ON DEVRAIT REMETTRE ÇA ! ♡
OUI... MAIS...
C'EST VRAI QUE C'ÉTAIT ASSEZ GÊNANT, MAIS...
MAIS ?!
D'UN AUTRE CÔTÉ, JE CROIS QUE JE SUIS PRÊTE À TOUT POUR TE FAIRE PLAISIR ! ♡♡
OH OUI ! ♡
HOOO
YURA ! ♡♡
CHEZ LES OISEAUX, PENDANT LA SAISON DES AMOURS, LE MÂLE SÉDUIT LA FEMELLE EN LUI CHANTANT UNE DOUCE MÉLODIE.
EN CHINE ET EN OCCIDENT, LES HOMMES AVAIENT L'HABITUDE DE CHANTER DES CHANSONS POUR CONQUÉRIR LE CŒUR DES FEMMES.
IL EST TOUJOURS BON DE FAIRE PARTAGER À L'AUTRE SES ÉMOTIONS. ♡
CHAPITRE 60 - PARLE-MOI ! ♡ - FIN

STEP UP
Love Story
KATSU AKI
Bientôt le VOLUME 7 !!!
Quelle est donc cette douce vallée ?
EUH... COMME ÇA ?
Pourquoi Yura a-t-elle une banane entre ses seins ?
Yura et Makoto sont de plus en plus amoureux !
SPLIF
Ils vont franchir une nouvelle étape dans leur sexualité ! ❤
Mais ne risquent-ils pas d'aller trop loin !?
Quelles surprises nous réserve le prochain volume ?!
J'AI HONTE !
HMM ♡
SLURP
Vous trouverez les réponses à toutes ces questions dans le volume 7.!

NOS STATISTIQUES

VOUS NE FAITES PLUS L'AMOUR ? QUI EST LE RESPONSABLE ? (VOIR PAGE 10)

Nous n'avons pas trouvé de statistiques françaises pour cette question*.

LA SEXUALITÉ DES PLUS DE 60 ANS (VOIR PAGE 15)

L'activité sexuelle des Français se poursuit de plus en plus tard dans la vie. 41 % des 60 ans et plus disent avoir eu des rapports sexuels au cours des douze derniers mois (56 % des 60-69 ans, 36 % des 70 ans et plus). Parmi eux, 42 % en ont eu au moins une fois par semaine. (source : Francoscopie 1999, Larousse)

COMBLEZ-VOUS VOTRE MANQUE PAR LA MASTURBATION ? (VOIR PAGE 15)

Nous n'avons pas trouvé de statistiques françaises pour cette question*.

LES RAISONS QUI POUSSENT UN HOMME À L'ABSTINENCE (VOIR PAGE 27)

Nous n'avons pas trouvé de statistiques françaises pour cette question*.

COMBIEN DE LYCÉENNES PENSENT À FAIRE UN CADEAU D'ANNIVERSAIRE À LEUR PETIT AMI (VOIR PAGE 80)

Nous n'avons pas trouvé de statistiques françaises pour cette question*.

LA PREMIÈRE FOIS (VOIR PAGE 81 ET 111)

L'âge moyen du premier rapport sexuel est de 16,8 ans pour les français. Les Américains sont les plus précoces (16,4 ans), les Allemands à 16,9 ans et les Chinois les moins précoces (21,9 ans). En moyenne, les Françaises ont leur premier rapport sexuel à 18,1 ans. Les garçons commencent plus tôt que les filles. (source : enquête durex 2001)

54 % des filles estiment qu'elles auraient pu attendre plus longtemps avant de faire l'amour. Elles expriment ce regret dans 70 % des cas avant 16 ans et dans 16 % des cas après 16 ans. (source : enquête durex 2001)

OÙ AVEZ-VOUS FAIT L'AMOUR LA PREMIÈRE FOIS ? (VOIR PAGE 83)

4 filles sur 10 et 1 garçon sur 3 ont choisi le toit familial. (source : casediscute.com)

COMBIEN DE TEMPS AVEZ-VOUS ATTENDU AVANT D'AVOIR UN PREMIER RAPPORT AVEC VOTRE PARTENAIRE (VOIR PAGE 102)

Nous n'avons pas trouvé de statistiques françaises pour cette question*.

IMPRESSIONS LA PREMIÈRE FOIS (VOIR PAGE 103)

Une fille sur trois n'a pas eu mal du tout la première fois. (source : tasanté.com)

AVEZ-VOUS SAIGNÉ LORS DE VOTRE PREMIER RAPPORT ? (VOIR PAGE 105)

Nous n'avons pas trouvé de statistiques françaises pour cette question*.

À QUELLE FRÉQUENCE VOUS DISPUTEZ-VOUS ? (VOIR PAGE 150)

Nous n'avons pas trouvé de statistiques françaises pour cette question*.

LES CAUSES PRINCIPALES DE SÉPARATION ? (VOIR PAGE 135)

Nous n'avons pas trouvé de statistiques françaises pour cette question*. Les causes principales sont l'infidélité, la routine, les disputes, la jalousie, le boulot et le sexe. (Sondage SOFRES pour le Nouvel Observateur)

POURQUOI LE CÉLIBAT (VOIR PAGE 155)

Nous n'avons pas trouvé de statistiques françaises pour cette question*. Il y avait, en janvier 1999, selon une enquête-emploi de l'INSEE, plus de 7 millions de personnes seules et presque 2 millions de familles monoparentales. Il y a donc 9 millions de personnes qui vivent seules, sans conjoint ni compagnon. À Paris, un logement sur deux est occupé par une personne vivant seule.

QUI DEMANDE PARDON APRÈS UNE DISPUTE ? (VOIR PAGE 162)

Nous n'avons pas trouvé de statistiques françaises pour cette question*.

QU'EST-CE QUI STIMULERAIT LE PLUS VOTRE DÉSIR ? (VOIR PAGE 169)

VÊTEMENTS AFFRIOLANTS	42 %
PAROLES OSÉES	15 %
CASSETTES ÉROTIQUES	10 %
APHRODISIAQUES	4 %
L'ÉCHANGISME	1 %
AUCUN	10 %

Remarque : 18 % des sondés ne se sont pas prononcés !!!

(Institut : BVA ; Media : PSYCHOLOGIE)

***Si vous trouvez des chiffres fiables et/ou des ouvrages de référence pouvant répondre aux questions restées sans réponse, n'hésitez pas à nous écrire. Merci d'avance et rendez-vous dans le volume 7 de Step Up Love Story...**

Pika Édition
Step Up Love Story
19 bis, rue Louis-Pasteur - 92100 Boulogne
ou par courriel : mail@pika.fr